双葉文庫

おれは一万石

無節の欅

千野隆司

目次

高浜
利根川
小浮村
高岡藩
高岡藩陣屋
銚子

↑白沢・柳林・阿久津河岸へ
久保田河岸
▲筑波山
下妻藩
鯉川
小貝川
関宿
鬼怒川
牛久
春日部
野田
取手
柏
流山
三郷
木颪
川口
松戸
白井
江戸川
鎌ヶ谷
隅田川
江戸城
行徳
日本橋行徳
新川
小名木川

おもな登場人物

井上（竹腰）正紀……美濃今尾藩竹腰家の次男。高岡藩井上家世子。
竹腰勝起……正紀の実父。美濃今尾藩の前藩主。
竹腰睦群……美濃今尾藩藩主。正紀の実兄。
山野辺蔵之助……高積見廻り与力で正紀の親友。
植村仁助……正紀の供侍。今尾藩から高岡藩に移籍。
井上正国……高岡藩藩主。勝起の弟。
京……正国の娘。正紀の妻。
児島丙左衛門……高岡藩国家老。
佐名木源三郎……高岡藩江戸家老。
桜井屋長兵衛……下総行徳に本店を持つ地廻り塩問屋の隠居。
井上正棠……下妻藩藩主。
井上正広……正棠の長男。
青山太平……高岡藩徒士頭。
彦左衛門・申彦……高岡藩小浮村村名主とその息子。

おれは一万石

無節の欅

第一章　癒えぬ心

一

五月になったとはいえ、肌寒い日が続いた。今年も気候不順かと、町の者は渋い顔で曇った空を見上げた。

米を始めとする物の値は上がったままだ。江戸には、無宿人の数も増えている。追い返しても追い返しても、飢饉《ききん》の東北や凶作の常陸《ひたち》、上野《こうずけ》、下野《しもつけ》あたりから逃散した者たちが集まってきた。

天明《てんめい》七年（一七八七）の、夏とはいえない夏の始まりだった。米価は高騰し、各地で米騒動が起こっている。

霊岸島《れいがんじま》あたり、大川《おおかわ》と分かれた箱崎《はこざき》川に架かる永久《えいきゅう》橋下の杭に、人足《にんそく》ふうの男の死体が引っ掛かっていた。それこそが、北町奉行所高積見廻り与力の山野辺蔵之助《やまのべくらのすけ》が捜していた豊吉《とよきち》という男だった。

楓川《もみじがわ》の西河岸《かし》、日本橋本材木町《にほんばしほんざいもく》の材木問屋高浜屋《たかはま》で、材木が倒れて番頭丑之助《うしのすけ》が足の骨を折るという事件があった。これは、材木の転倒防止の縄を切った上で、遊びをけしかけた子どもたちにぶつからせ、事故を起こそうとした悪質なものだった。

「許せぬ」

死者が出てもおかしくはない。というよりも、それを狙った悪事だと山野辺は思って、探索を進めていた。

捕えなければ、また何かをしでかすのではないか。

似面絵《にづらえ》を拵《こしら》えて、関わりのありそうな場所で見せて回った。そして深川堀川町《ふかがわほりかわ》の裏長屋に住む無宿人の豊吉だと分かった。又借りをしていたのである。豊吉は、高浜屋の商売敵《しょうばいがたき》である深川冬木《ふゆき》町の材木問屋小佐越《こさごし》屋の番頭伊四郎《いしろう》の指図《さしず》を受けて動いている気配があった。

小佐越屋は、この数年めきめきと商い高を伸ばしてきた店だと聞いている。高浜屋は、老舗《しにせ》といってもいい材木問屋だ。

今のところ、高浜屋の一件が伊四郎の指図であったかどうかは、はっきりしていない。山野辺は、長屋から姿を消した豊吉の行方を追っていた。

死体の発見は、その矢先のことだ。裏長屋の住人を呼んで顔を見せ、身元の確認をした。

肩から胸にかけて、袈裟《けさ》掛けにばっさりやられていた。他に外傷はない。手練《てだ》れの侍による殺しだと思われた。水は飲んでいないので、殺されてから、川に落とされたのである。

「くそっ」

捕えられては面倒と、口封じのために殺《や》られたに違いない。ただ断定できる証拠は何もない。

殺害されたとおぼしい日の夕刻から夜にかけて、箱崎川周辺で犯行を見た者や不審者に気が付いた者がいなかったか、聞き込みをおこなった。もちろん、似面絵も見せた。

「さあ、夕方から夜ですか。暗くなると、あの辺りは人気《ひとけ》がなくなりますからね」

振り売りで朝夕永久橋を通る、豆腐売りの親仁《おやじ》はそう言った。そもそも、何かがなければ、川の杭になど目を留めることもないと付け足した。

場所は箱崎町の外れで、川の両岸は武家屋敷が中心になっていた。明るい間こそ少なくない荷船などが通り過ぎるが、日が落ちてしまえば野良猫《のらねこ》くらいしか通らない。

定町廻り同心や土地の岡っ引きも聞き込みをしたが、これといった手掛かりは得られなかった。

そこで聞き込みの範囲を広げた。箱崎橋や日本橋川の河岸あたりでも問いかけをした。初めの何人かは首を横に振るばかりだったが、行徳《ぎょうとく》河岸で屋台の燗酒屋を商う親仁に反応があった。

「この顔は」

似面絵を目にして、声を漏らした。昨日の夕刻、一人で燗酒を飲んでいたというのである。

「口開けにきた客ですが、酒を飲んだのは初めてでした。飲んだのは一杯だけで、四半刻（三十分）もいませんでした」

二人で話をしていると、商家の番頭ふうと微禄の幕臣か勤番侍といった小柄な侍が声をかけ、連れ去っていったという。

「現れた二人の顔を、覚えているか」

「さあ、もう薄暗くなっていましたんでね」

顔をはっきりは見なかった。そもそも、気にも留めていなかった。

「では、豊吉の住まいや暮らしぶりも、分からぬわけだな」

「いやそれが……。あいつ、富くじの割札《わりふだ》を買わないかって、持ち掛けてきたんですよ」

「ほう」

浅草田島山誓願寺《あさくさたじませいがんじ》のもので、一番富が当たると三百両が手に入る代物だった。不景気で物価高だからこそ、一山当てたいと求める者は多かった。富くじ興行は各地の寺社で行われている。

ただ富くじは多くの場合、一枚当たり銀十匁（約六十匁で一両）から十五匁くらいで売られた。庶民にとっては高嶺《たかね》の花だ。そこで一枚の富くじを数人に買わせ、当たった金を分配するという商売が現れた。これが割札である。

割札ならば、庶民にも手が届く。

「富くじ売りの元締めの下で、割札を売って口銭《こうせん》を得ていたのではないか、というのだな」

「そんな気がしました」

早速山野辺は、浅草へ足を向けた。誓願寺は、浅草寺の西にある大きな寺である。

ここで富くじの元締めについて聞いた。寺侍から、津幡屋儀兵衛《つばたやぎへえ》という者を教えられた。浅草東仲町《ひがしなかちょう》に住まいを持ち、富くじ売りを請け負っている香具師《やし》の親方だそうな。

儀兵衛は留守だったので、津幡屋の番頭から話を聞いた。似面絵も見せている。

「へい、こいつです。十日くらい前から、治助《じすけ》という他の売り方に頼まれて、使っていました」

となれば、深川から姿を消した後となる。浅草に移って、暮らしのための銭を稼ぎ始めたのだ。

ただ番頭は、豊吉と治助がどのような間柄かまでは知らなかった。そこで治助を捜した。

治助も無宿人で、住まいは一定していない。

ようやく翌日になって、捜し出すことができた。浅草寺《せんそうじ》の風雷神門《ふうらいじんもん》前で、通りかかる者に声をかけていた。三十歳前後で、狐《きつね》に似た顔つきをしていた。

「その方、豊吉を存じておるな」

山野辺は、似面絵を見せて声掛けをした。

「へい。口銭を稼ぎたいってえんで、津幡屋さんへ連れて行きました」

殺されたと告げると、驚きを顔に現した。しかし悲しんだわけではなかった。

「親しくはなかったのだな」

「そうです。この間、初めて会いました。前に荷運びをしていて、世話になった材木問屋の番頭さんに頼まれたんです」

材木問屋と聞いて、腹の奥が熱くなっている。

「どこの番頭か」

「深川冬木町にある、小佐越屋の番頭伊四郎さんです」

躊躇《ためら》う様子もなく口にした。予想した通りの名が、耳に響いた。

住まいを移らせ、仕事の世話までしていたことになる。伊四郎と豊吉の関わりの濃さが伝わってきた。

伊四郎は、山野辺が豊吉の行方を追っていることは知っている。堀川町の裏長屋から姿を消した後も、町やその周辺を聞き回っていたので、詳細な調べをしている事実については気づいたはずだった。

喋られては厄介《やっかい》な秘密を握っていたのならば、伊四郎にとって豊吉は捨ててては置けない人物となる。捜し出されることを怖れて、口封じに殺したと考えれば辻褄《つじつま》が合った。

「では、小柄な侍を知っているか」

これも大事な問いかけだ。実際に手を下したのは、あの侍に違いない。

「さあ。伊四郎さんや豊吉が、お侍と一緒にいるのを見たことはありやせん。話に聞くこともなかったですね」

治助は首を横に振った。

山野辺が思い当たるのは、白山丸山《はくさんまるやま》にある浄心《じょうしん》寺の寺侍で塚原伝兵衛《つかはらでんべえ》という者だ。塚原は三十をやや過ぎた歳で、体つきは小柄だ。しかし身動きに隙の無い、腕利きの者だと山野辺は睨《にら》んでいた。

小佐越屋は浄心寺の檀家ではないが、伊四郎と塚原が、東両国《りょうごく》のひさごという小料理屋で何度か酒を飲んでいるのを山野辺は目撃している。

いずれにしても、山野辺にしてみれば、伊四郎と小佐越屋への疑念がますます深まったのは明らかだ。

二

子どもを流産してしまった井上正紀《いのうえまさのり》の妻京《きょう》は、二日の間、己の部屋から出なかった。正紀は何度か部屋を訪ねようとしたが、叶わなかった。

「お許しくださいませ」

との返答が、侍女の紅葉《もみじ》を通してあるばかりだった。

体調がよくないのは明らかだ。しかし部屋にこもっていて、正紀と顔を合わせようとしないのは、せっかく宿した子どもを失ってしまった自分を責めているからだと察していた。

正紀と京が祝言を挙げたのは、好いて好かれる仲だったからではない。縁続きの間にあったから、顔だけは何度か目にしていた。

ろくに話をしたこともないまま、昨年の秋に正紀は下総高岡《しもうさたかおか》藩一万石井上家の姫京と祝言を上げ婿に入った。京の方が二歳年上で、そのときは十九歳だった。

正紀は尾張徳川《おわりとくがわ》家八代宗勝《むねかつ》の孫として生まれた。父の竹腰勝起《たけのこしかつおき》は宗勝の八男で、美濃今尾《みのいまお》藩三万石を引き継いだ兄の睦群《むつむら》は、尾張藩の付家老《つきがろう》という役に就いている。

そして義父となった高岡藩藩主井上正国《まさくに》は、父勝起の実弟で宗勝の十男だった。

したがって正紀と京は、従姉弟《いとこ》関係にあった。

高飛車な物言いをする姫で、当初から面食らう場面に遭遇した。腹立たしく感じることも少なからずあったのである。高慢で贅沢《ぜいたく》を好むふうもうかがえたが、京は愚かな女子《おなご》ではなかった。

高岡藩の財政は火の車で、逆さにして振っても一両の金子さえ出てこない。氾濫《はんらん》しそうな利根《とね》川の激流を前にして、堤普請《ふしん》のために必要な杭二千本を、調達することもできなかった。

正紀はこの杭を調達し、堤普請を行うことで、利根川の氾濫を防いだ。また利根川べりの高岡河岸を、下総や常陸で売る下り塩や淡口醤油《うすくちしょうゆ》の輸送の中継地として活用する取り組みを、先頭に立って進めてきた。

どうにか軌道に乗ってきたが、まだ端緒《たんしょ》についたばかりといってよい状況である。京は、正紀が高岡藩のために懸命に取り組む姿を目の当たりにする中で、その人柄と働きを認めるようになった。

政略結婚といってもいい二人の始まりだったが、今では互いを思い合う心が育まれてきた。赤子はそういう中で京の腹に宿り、流れ去ったのである。

京の胸に去来した悲しみや無念、慚愧《ざんき》といったものは想像に難くない。その気持ちは正紀も同じだが、肉体の異変もあった京の辛さは、自分の比ではないと感じていた。

その心の内は、姑の和《かず》や京付きの侍女紅葉からも伝えられた。

引きこもったままの京の心中を慮《おもんぱか》ると、胸に痛みが湧いてくる。その京の悲しみに、夫である自分が関われないことにも、無力さを覚えていた。

そして三日目の朝、ようやく京は先祖供養の読経のために仏間に姿を現した。薄く化粧をしていたが、窶《やつ》れは隠しようもなかった。

「辛かったであろう」

正紀は傍へ行って、声掛けをした。

京は膝《ひざ》を揃えて座り、両手を畳についた。顔は上げずに、消え入りそうな声で言った。

「申し訳ありませぬ」

この言葉は、子が流れて正紀と会ったときにも、真っ先に口にした。それだけわだかまりが深いのだと伝わってきた。

「気にするな」

とは告げたが、それで京の気持ちが晴れるとは思えなかった。京は、目を合わせてものを言おうとしない。

正紀は京に、井上家の菩提寺《ぼだいじ》である浄心寺本堂改築のための分担金二百両が調《ととの》ったことを伝えた。これには京も、心を砕いていた。力添えもしてくれていた。

下総高岡藩一万石と常陸下妻《しもつま》藩一万石は、遠江浜松《とおとうみはままつ》藩六万石井上家の分家で、この三家の菩提寺が、白山丸山にある日蓮宗《にちれんしゅう》大覚山《だいかくさん》浄心寺だった。老朽化していた本堂の改築は、檀家一同のかねてからの願いでもあった。

正紀と下妻藩世子の正広《まさひろ》は、この普請の奉行役を命じられていた。分担金の二百両は、逼迫《ひっぱく》した藩財政の中であっても、調えなくてはならないものだった。

本家の要求は、打ち続く凶作にあえぐ分家二家にとって、きわめて厳しいものだった。改築したい願いはあっても、先立つものがなければ身動きできない。やっとの思いで調えたのである。

「無事お役目を果たし、祝着《しゅうちゃく》にございます」

京はこれまで耳にしたことがないくらい、下手な物言いをした。「自分は、役目を果たしていない」とでも言わぬばかりだった。

「…………」

正紀には、掛ける言葉がなかった。ありきたりの慰めでは、今の京の閉じた心は開かない。

いつもは腹立たしい、上からの物言いが懐かしかった。

読経が済むと、京は早々に仏間から引き揚げた。その後ろ姿を、正紀は見つめるしかなかった。

朝食を済ませた頃、正紀の御座所へ江戸家老の佐名木源三郎《さなきげんざぶろう》と江戸の勘定頭井尻又《いじりまた》十郎《じゅうろう》が顔を出した。佐名木は浅黒い顔で精悍な眼差しをしている。口にすることに遠慮がなく、正紀の痛いところも突いてくる。藩を守るためには打算的な考え方や動きもするが、国許《くにもと》の堤普請や高岡河岸の活性化などでは、後ろ盾となって力を発揮した。

誰よりも信頼のおける人物といってよかった。

井尻は江戸での藩の金銭の出納などを担う勘定方の責任者だが、極めつけの小心者で堅実なものの考え方をする。悪く言えば融通の利かない男だが、帳付けや算盤《そろばん》には秀でていた。藩にまつわる金の流れについては、誰よりも詳しい。また藩への忠誠心も強かった。

「勘定方は、それでいい」

正紀はそう思っている。どちらも四十代後半で、正紀を、そして藩政を支える重臣だった。

とはいっても、三人で話をする場合は、楽しい話し合いにはならない。二百両の分担金を確保できたのには安堵《あんど》したが、金にまつわる問題は他にも山積している。

武家とはいっても、頭を悩ますのは金だ。高岡河岸の納屋《なや》の修繕や増築もしたいが、そのままになっている。

舅である藩主正国は、大坂定番《おおさかじょうばん》の任にあって赴任していた。江戸にはいないので、正紀が代行として、藩主の任に当たらねばならなかった。

この数日は、浄心寺の改築にまつわる話が中心になった。高岡藩で供出しなくてはならないのは、分担金だけではない。五十両分の勧進も集めなくてはならなかった。

勧進集めに檀家を回っているのは、徒士頭《かちがしら》の青山太平《あおやまたへい》と、正紀付きの中小姓《ちゅうごしょう》植村《うえむら》仁助《にすけ》だ。植村は正紀と共に、今尾藩から移ってきた。

「二人は商家や職人の親方、武家の家々を回っておりますが、どこも財布の紐は緩まぬ様子でございまする」

「からりと晴れることの少ない近頃の天候を見ると、今年も不作は免れぬと考えるのであろう。ものの値が下がる気配がなければ、檀那寺《だんなでら》のためでも、容易《たやす》くは寄進ができぬのが道理だ」

井尻の言葉に、佐名木が応じた。

青山も植村も、役目に手を抜く者ではない。しかし勧進はまだ三十両をやや超えたあたりだとの報告を受けた。

「期限は、今月の晦日《みそか》だ。それまでにはまだしばらく間がある。何とかなるのではないか」

「そうでなくては、なりますまい」

井尻は正紀の言葉に、大きく頷《うなず》いた。

昼過ぎになって、二軒の材木問屋の主人が正紀を訪ねて屋敷へやって来た。藩の御用商人ではない。初めて会う者たちだ。

一人は日本橋新材木町《しんざいもく》に店を持つ、増岡屋《ますおか》尚右衛門《しようえもん》という者である。歳は四十代後半でやや小太り、初めから口元には笑みを浮かべているが、目は油断のならない光をたたえていた。

「ほんのお口汚しでございます」

と言って差し出したのは、桐箱入りの薯蕷饅頭《じようよまんじゆう》だ。

「して望みは何だ。それが分からなくては、受け取れぬ」

正紀は、少し冷めた気持ちで言った。いきなり高価な品を持参するなど、怪しいに決まっている。ぞんざいな口ぶりになったのが、自分でも分かった。

増岡屋は、怯《ひる》む様子を見せなかった。

「いえいえ、何かをお願いに上がったわけではございません。浄心寺様では、近く改築が行われるよし。井上様は、そのお奉行役をなさると伺いました」

「よく存じておるな」

驚いた。奉行役についてはまだ公にはされていない。どこで知ったのか気になった。

「蛇《じゃ》の道は蛇《へび》でございまする。商いのことは、おのずと耳に入ってまいります。ご縁ができるかもしれませぬゆえ、ご挨拶《あいさつ》に上がりました」

「材木の納入をさせろという話か」

「何かのお願いに上がったのではございません。あくまでも、ご挨拶に伺っただけでございます」

長居はせず、早々に引き揚げた。しかし薯蕷饅頭は、置いていった。

二人目は、深川冬木町の材木問屋で小佐越屋文吾左衛門《ぶんござえもん》と名乗る者だった。四十代後半の歳で、恰幅がいい。強面《こわもて》で、奉公人からは怖れられていそうな雰囲気を漂わせていた。増岡屋のように笑みを浮かべることは少ないが、物言いは丁寧だった。

持参したのは、船橋屋《ふなばしや》織江《おりえ》の練羊羹《ねりようかん》だった。

「何とぞ、お見知りおきいただきたく」

浄心寺本堂の改築に触れた後で、そう口にした。

「おれが一人で決めるわけではないぞ」

「わかっております。ほんのご挨拶でございます」

小佐越屋も、長居はしなかった。練羊羹は置いて、引き揚げた。

増田屋も小佐越屋も、勧進もしたいと口にした。しかしどちらも、浄心寺の檀家ではなかった。

「ならばそれには及ぶまい」

正紀は断った。

前に檀家の材木問屋高浜屋へ行ったとき、材木納入の話が出た。正紀は、これまで分担金作りに翻弄《ほんろう》されていたが、二人の来訪によって、改築にまつわる材木問屋の商い合戦も始まっていることを知らされたのだった。

三

正紀はこれから、江戸家老の佐名木源三郎を伴って、浜町《はまちょう》にある遠江浜松藩六万石井上家の上屋敷へ出向く。高岡藩と下妻藩の両井上家は、浜松藩井上家の分家だ。

この三つの大名家が、井上家一門の中心となる。総帥《そうすい》は浜松藩主正甫《まさもと》だが、歳はまだ十歳と幼い。江戸家老の建部陣内《たてべじんない》が後見し、国許の城代家老と共に執政をしていた。

一門では月に一度、分家二家の当主と世子、それに江戸家老が集まって、藩内の仕置や出来事について報告を行う。また一門で行う行事などの割り当て、進捗状況などの報告も行った。

この集まりのための支度が、整ったところだった。正紀の膝《ひざ》の前には袱紗《ふくさ》が広げてあり、二十五両の切餅八つが載せられている。

感慨深い気持ちで、正紀はそれを見つめて言った。

「昨年三月、一門の総帥だった浜松藩主正定《まささだ》様が亡くなられた。一周忌が済んでほっとしたのもつかの間、いきなり菩提寺改築の話が出たのには仰天をしたぞ」

かねてからの懸案ではあったが、正定が亡くなって沙汰やみになっていた。

「一門の威信をかけた総工費千二百両の普請でございますからな、懐が痛む話でございました。何しろ分家二家には、二百両ずつの分担金を求められたわけでございますから」

「まったく。あのときには、一両のゆとりも当家にはなかったからな」

大名家としては、はなはだ情けない話だが、嘘偽《うそいつわ》りのない財政窮迫《きゅうはく》の折だった。

浜松藩の領地遠江はともかく、東北は飢饉、下妻藩の領地常陸や高岡藩の領地がある下総は凶作といってよい状況だった。

「選《よ》りによってなんでそのような折に、と思ったぞ」

「まことに」

指揮を正甫の後見である建部が執ると告げられ、下妻藩藩主正棠《まさき》と共に一門の威信をかけた普請だと言われては、逆らうわけにはいかなかった。おまけに正広と共に、奉行役まで押し付けられた。

「高岡河岸がさらなる発展を遂げたとしても、積み重なった借財を返しきるのは、まだまだ先だからな」

「まったく。そんな中での分担金は、嫌がらせとしか思えませなんだ。しかし正甫様の後見である建部殿と、正甫様の叔父にあたる正棠様が相手では、喧嘩《けんか》になりませぬ」

佐名木がため息をついた。

「建部殿と正棠様は、気に入らないおれや正広殿をこの件でしくじらせ、世子の座から引きずり降ろそうとしている」

そう正紀や正広、佐名木は受け取っていた。

御三家筆頭尾張徳川家の血を引く正紀の婿入りを、一門の者たちはおおむね歓迎した。尾張藩との繋がりが強くなることは、大名家にとっては名誉であり、藩主の出世の糸口にもなる。

ただ歓迎した者ばかりではなかった。

高岡藩は、当代の正国も尾張徳川家の出で、二代続いて井上家とは縁のない者が当主となる。井上一門に属する旗本には、高岡藩に婿入りできる適齢の男子《おのこ》もいたが、その案は除かれた。

血を重んじる者には、面白くない話だったはずである。先の高岡藩国家老園田頼母《そのだたのも》や下妻藩江戸家老園田次五郎兵衛《じごろべえ》は、正紀を亡き者にしようとして仕損じ、腹を切らねばならない羽目に陥った。

「建部殿や正棠様は、二百両という調達できそうもない金子を要求してきたわけでござるが、正紀様も正広様も、よくなし遂げられた」

二人は大麦と銭の相場に関わって、二百両ずつ調えた。佐名木は、それをねぎらったのである。

金子の面では下妻藩でも厳しかったが、正棠はその用立てを正広に押し付けた。力を貸すどころか、足を引っぱるような真似をした。

「正広様も、安堵なされたことでございましょうな」

「それはそうだ」

正広は正棠の実子ではあったが、疎《うと》まれていた。正広の母妙《たえ》は正室だが、正棠とは冷え切った関係にある。正棠は側室のお紋《もん》の方を寵愛《ちょうあい》し、その間にできた十二歳の正建《まさのり》を世子にしたいと考えている模様だった。

　正広は正棠の長男で、正紀よりも二つ年下の十七歳になる。若いながら小野《おの》派一刀流の手練れで、先の将軍家治《いえはる》公の御前で催された上覧試合で、正紀は僅差で負けた。

　それを機に、世子同士として親しい関わりを持つようになった。

　今日はこの一門の集まりに、正紀と正広は二百両を、それぞれ持参することになっている。

「浜松藩からは正甫様と建部殿、下妻藩からは当主の正棠様と世子の正広殿、それに江戸家老の竹内平五郎《たけうちへいごろう》殿が現れるわけだな」

　正紀が確認をした。一同の最年長は五十一歳の建部だ。正棠は三十代半ばである。正棠は浜松藩先代藩主正定の実弟で、本家との繋がりは濃い。

　建部とも、昵懇《じっこん》の間柄といってよかった。

「いえ。今回から新たに三河吉田《みかわよしだ》藩七万石の当主松平信明《まつだいらのぶあきら》様が、顧問格で加わると伝えられております」

「ああ、そうであった。英邁《えいまい》の誉れが高く、家斉《いえなり》公に認められて奏者番《そうじゃばん》を務めておられる方だな」

　来年には、側用人《そばようにん》に抜擢されるだろうと、知り合いの旗本が話していた。

「いずれ老中にまでなられる方でしょう」

佐名木は言い足した。これはのちに現実となる。翌年の天明八年には老中入りし、松平定信《さだのぶ》と共に幕政に関わった。

信明は、井上家の血縁の者ではない。浄心寺の檀家でもなかった。しかし信明の正室暉《てる》が、浜松藩先々代藩主正経《まさつね》の娘で、立場としては藩主正甫の義理の叔父となる。

「正経様や先代正定様とは、ごく親しい関係にありました。前髪の頃から、屋敷に出入りなされておりましたゆえ」

「その縁で吉田藩からは、二百両の勧進が得られるわけだな」

「暉様のお気持ちも、含まれてのことと思います。何であれ信明様は、建部殿や正棠様も一目置くご仁でございます」

「これで、当初予定していた千二百両の工費は千四百両に膨らんだわけだな」

「信明様は、建部殿や正棠様と与《くみ》する方ではございませぬ。とはいえ、我らのお味方でもござらぬ。どちら側にも付かぬ方が加わるのは、よいことだと存じまする」

佐名木はそう言った。

正紀も、信明とは尾張藩上屋敷で二度会った。挨拶をしたが、親しく言葉を交わしたわけではなかった。

浜松藩上屋敷に着くと、正紀らは、藩邸内中奥の五十畳の広間に通された。ここが会談の場となる。

廊下の向こうには、手入れの行き届いた庭が広がっている。襖《ふすま》は開け放たれていたが、曇天なので室内は薄暗かった。

広間の隅に、文机《ふづくえ》が一つ置いてある。話し合いの記録をするために、浜松藩の近《きん》習《じゆ》役太田黒兵庫《おおたぐろひようえ》という者が控えていた。二十一歳で建部の腹心といっていい男だ。

正紀が着座すると、やや遅れて、建部や正棠と共に信明が姿を現した。信明の歳は二十五歳で色白、鼻筋の通った面貌《めんぼう》はいかにも怜悧《れいり》そうだった。眼差しが鋭いので、初めて見た者には冷ややかな印象を与えるかもしれない。

「このたびは、お世話になりまする」

「いやいや、こちらこそ」

正紀が挨拶をすると、信明は律儀《りちぎ》に返した。

正広や竹内は、すでに着座している。一同が揃ったところで、正甫が姿を現した。上席に着くが、「大儀であった」と最初に告げるだけで、いつものように後の発言はなかった。

まず、正紀と正広は、分家としての分担金二百両を差し出した。出せやしまいと見《み》縊《くび》っていたはずの建部や正棠だが、それで顔色を変えるわけではなかった。

大麦や銭の相場で手に入れたことは、すでに耳にしているはずだ。

「ご先祖様を思うお気持ち、まことに殊勝でござる」

神妙な顔で告げると、建部は受取証に署名をした。正甫は分かっているのかいないのか、大きく頷いた。

正棠は顔色こそ変えないが、苦々しい顔をしていた。両藩に受取証が手渡されたところで、正広に顔を向けて声を発した。

「その方、分担金を作るにあたって、当主であるわしの許しなく藩庫の金を動かしたのではあるまいな」

怒気《どき》を含んだ言い方だった。許せぬ、といった口ぶりだ。

正広はすでに前日藩邸内で正棠に分担金の報告を済ましていたが、そのときは何も言われなかった。一門が勢ぞろいした場で、あえて叱責《しっせき》してきたのである。正広は驚愕の面持ちになった。

正棠はさらに言葉を続けた。

「藩庫の金子は、たとえ世子であれ勝手に動かしてよいものではない。それをなしたのであれば、重罪だ。藩に対して不正を働いたと同じである。そのままの立場ではおられぬ話だ」

廃嫡をにおわせた。

正広は、言葉を返せない。この言葉に合わせるように、建部が大きく頷いた。

正広は、言葉を返せない。その通りだからだ。下妻藩の藩庫には、百十両の金子があった。これを勘定頭の八重樫《やえがし》と図って、大麦や銭の相場に使って二百両に増やした。正棠の許可は、得ていない。

しかし藩庫の金子を動かさなければ、分担金は作れなかった。正棠は下妻藩の当主でありながら、分担金には一切関わっていない。正広に押し付けていたのである。

むしろ、邪魔立てをしてきた。

建部や正棠は、正広や正紀を廃嫡にするつもりで、この度の難題を押し付けた。悪意があってのやり口だ。ところが、その難題を成し遂げてしまった。そこで、新たな攻撃の手を打ってきたのである。

勘定頭の八重樫は正広の腹心だが、勘定方には正棠の意を酌《く》む家臣もいる。

「さあ、なんと返答をするのか。腹を決めるがよい」

叩きつけるような言葉だった。

正広は、正義感の強い男だ。許しを得ないで金を動かしたのは間違いないから、認めるだろうと正紀は思った。ただそれをさせては、正棠の横車を押し通してしまうことになる。

正紀にしてみれば、看過できない話だ。

「お待ちなされよ」

正広が口を開こうとしたのを、正紀は掌《てのひら》を前に出して差し止めた。そして正棠に顔を向けた。

「異なことを申される。正棠様におかれましては、正広殿が藩庫の金子を勝手に動かしたという確たる証《あかし》がおありなのでござろうか」

詰問、という形にはしていない。しかし口調に多少の怒りは出てしまったと、自分では感じた。

「うぬ」

正棠の顔が、赤らんだ。憎しみの眼差しが、正紀に向けられている。しかし反論はしなかった。

「金子は、正広殿が商家に掛け合って、借りたのでございます。それを元手に、大麦と銭を買いましてございます」

もともと藩庫にあった百十両に、相場の儲けを足して二百両の分担金にしたと嘘《うそ》をついたのだ。

「どこの商家か、はっきりいたせ」

正棠は、そこを責めてきた。明確に答えなければ、さらに突いてくるだろう。正紀は一瞬言葉に詰まったが、ここで胸を張った。

「桜井《さくらい》屋と大松《だいまつ》屋でございまする」

この二つの店は、下り塩と淡口醬油の件で正紀と深い関わりのできた店である。桜井屋と大松屋の主人ならば、正紀が拵《こしら》えた架空の話を、丸ごと受け入れるはずだった。

「ふん」

正棠は一瞬、白けた顔になった。けれどもそれで、矛《ほこ》を納める男ではなかった。

「大麦と銭の相場だと聞いておる。あきれ果てた話ではないか。井上一門の家の世子ともあろう者が、商人のような真似をしおって。何という恥さらしか」

何を言うかと、正紀は思っている。大麦を運ぶ荷船を、配下に襲わせて転覆させたのは、おまえらではないか。そういう言葉が、喉元まで出かかった。

「しばし待たれよ」

このとき、それまで無言だった信明が声を発した。きわめて落ち着いた面持ちで、一同はそちらへ顔を向けた。何を口にするのかと、固唾《かたず》を呑んだのである。

「どのような手立てであれ、不正をなしたわけではござらぬ。どこぞから騙し取ったとか奪ったというのならば話は違うが、そうではない。また分家としての役割を果たしたことも、確かではなかろうか」

これは正論だ。信明は、取り立てて正広の味方をしたとはいえない。

佐名木や竹内はもちろんだが、建部も頷かざるを得なかった。正棠は口を閉じた。

溜飲を下げた正紀だが、正棠の何があっても正広と自分を失脚させようとする執念深さを感じさせられた場面だった。

佐名木はこの集まりに信明が加わることはよいことだと言っていた。その意味を、実感した。

四

浜松藩上屋敷での打ち合わせが済んでから、正紀と佐名木、正広と竹内、それに建部の代理として太田黒が白山丸山の浄心寺へ向かった。

浄心寺には住職の仲達《ちゆうたつ》、寺侍塚原、それに普請を手掛ける宮大工の棟梁《とうりよう》宇左衛門《うざえもん》、それに主だった檀家の者二十名ほどが顔をそろえて待っていた。初めて会う者もいたが、半分程度は寺の行事で顔を見かけていた。その中には、正紀が勧進を求めに行った材木問屋の高浜屋《たかはまや》喜三郎《きさぶろう》の姿もあった。

本堂内に、一同は腰を下ろした。

全額ではないにしても、金子は調いつつある。いよいよ普請の実務に取り掛からなくてはならない。

最初の打ち合わせは、材木の納入業者の選定についてだった。

普請にかかる材木代は、全体の費用の中で大きな割合を占める。一人の者が納入する問屋を、勝手に決められるものではなかった。また実際に建ててゆく宮大工の意向を無視するわけにもいかない。

宇左衛門がこの座にいるのは、そのためだった。宇左衛門は、何代にもわたって浄心寺内の各建物について、新築や修繕に関わってきた。

仲達が一堂に挨拶をしてから、打ち合わせが始まる。進行役を務めるのは、寺侍の塚原だ。

「では宇左衛門さんに、普請のための材木についてお話をいただきましょう」

本堂の改築とはいっても、建物の構造や必要な材木の種類など具体的なことはほとんどの者が知らない。正紀にしても同様だ。

日焼け顔の宇左衛門は中肉中背《ちゅうにくちゅうぜい》で、歳は五十三歳。いかにも職人気質《かたぎ》の、頑固者といった風貌だった。

「日頃見ていただいている通り、本堂にはたくさんの材木が使われています。木の質も長さ太さも違います。宮大工は、丸太を己の手で削って木組みの木材を作り出します」

通常の家を建てる大工は、材木職人があらかじめ加工したものを使う。そこがいわゆる大工と宮大工の違いだと、宇左衛門は説明した。

「まず柱ですが、目にしておいでのように、長さや太さが違って、役割もそれぞれに異なります。また建物本体を支えるだけでなく、屋根の前方が前に張り出した向拝《こうはい》を支える向拝柱《こうはいばしら》というものもあります。本堂には、どれも欠かせないものです」

宇左衛門は、本堂の柱を一つ一つ指差しする。そのたびに聞いていた者たちは目をやり、頷いた。ああ、あれか、と確かめるのである。

また一見すると同じように見える柱や角材でも、役割はすべて異なり、一つ一つが代わりの利かない固有の役割を果たす。だから名称もみな違うのだと言い足した。

「大梁《おおばり》は、柱と柱の間に架けられる要《かなめ》となるものです。屋根の荷重を支え柱に伝えます。しかしその役目をするのは、中心にある梁だけでなく短いものでも同じです。また軒先を長く伸ばす折に重さを支えるための桔木《はねぎ》を組みますが、その桔木を土居桁《どいげた》で支えなくてはなりません」

また虹梁《こうりよう》や菱格子《ひしごうし》欄間《らんま》といった装飾材があり、回廊の役割をなす廻縁《まわりぶち》、そのための柱材など、挙げてゆくときりがない。説明されても、正紀には何が何だか分からないものもあった。

「できるだけ、見栄えの良いものにしていただきたいですなあ」

装飾材のところでは、そう声を上げた者がいて、笑いが起こった。檀家にとって、本堂の改築は、本来ならば誇らしいことだ。ただ時節が時節だから、勧進の集まりが、今一つだった。

宇左衛門の話を聞いて、多数の種類の木材が必要であることはよく分かった。

「ですからそれぞれの部位に合わせて、木の種類を変えます。杉は下地材や化粧板に、柱や梁は檜《ひのき》や欅《けやき》、虫に強い檜葉《ひば》などを使わなくてはなりません。ですから材木を納める問屋は、その求めに応じられる店でなくてはなりません」

「それはもちろんだ」

檀家の一人が声を上げた。宇左衛門の説明に、納得がいったらしかった。

ここで再び塚原は口を開く。

「納入については、入札で行いまする。宇左衛門さんの求めを材木問屋のお仲間に伝え、納品を望む者を集めて、詳細を伝えます。数日のうちがよいでしょう」

これには、一同異存はないらしかった。

とはいっても、すでに本堂改築の話は材木問屋の間には漏れている。正紀のもとにも、二軒の材木問屋の主人が訪れていた。おそらく建部や正広、仲達のもとにも顔出しをしていると思われた。

「しかしな、ものの値の上がったこの時期、高値を吹っかけてくるのではなかろうか」

「それはないでしょう。こんな時期ですから、改築をしようなどという者は、そうはいませんよ。高値を付けていたら、他の店に取られます」

「もっともだ。だからこそ、入札にするわけですからね」

集まった者たちは言い合った。

結局、問屋衆を集めての説明を行うのが五日後、入札を行うのがその十日後にすることで話がついた。太田黒や正紀らにしても、異論のないところで話はまとまった。仲達も満足そうだった。

塚原がこれで打ち合わせの終了を告げようとしたときに、後ろの方にいた高浜屋喜三郎が発言を求めた。

「どうぞ」

と塚原が応じると、一同の目が集まった。

「材木納入業者の選定に当たっては、信心の篤い檀家の者をまずは第一にお考えいただきたく存じます」

一言告げておきたい、という気持ちがあったらしかった。この言葉には、頷いた者も少なからずいた。

「ほう。高浜屋さん、あなたも入札に加わるつもりですね」

と前の方に座っていた商家の隠居が応じた。否定をする口ぶりではなかった。

ここで、それまで口を開かなかった太田黒が片膝《かたひざ》を乗り出した。厳しい眼差しを高浜屋へ向けている。

「そもそもご本堂改築は、浜松藩や高岡藩、下妻藩といった武家だけでなく、多くの檀家の者たちの願いと浄財を集めて行われる。したがって質の良い、より安価なものでなされなくてはならぬ」

ここまで言って、一同を見回した。

反論する者はいない。仲達が、大きく頷きを返した。そこで太田黒は続けた。

「信心は大切だ。しかし安価な良材を得ることを第一とするならば、檀家であろうとなかろうと関係ない。御仏の座するにふさわしい本堂の創建を、目指さねばならぬ」

言っている中身は間違っていないが、高浜屋に対して冷ややかな言葉だと正紀は感じた。

「いかにも、でございます。篤いご信心があるならば、他の材木問屋を凌ぐ良材を安価にてご供出されることでございましょう」

これは浜松藩に近い檀家の主人が口にした。他の檀家衆は黙っている。高浜屋も言い返すことはなかった。

「ではこれにて、集まりを終えたいと存ずる」

進行役をしていた塚原が言った。

この後、庫裏《くり》で茶菓がふるまわれた。すぐに引き揚げた者もいたが、正紀と佐名木は一服した。

「これは井上様」

そう言って三十をやや過ぎた歳の女が、正紀の傍に近づいてきた。仲達の女房おりくだった。表向き僧侶は妻帯できないが、仲達は寺の外に家を持っていた。そしておりくは、折につけて寺へ手伝いにやって来ていた。檀家ならば、誰もが知っている。

「この度は、お辛いこととなりました」

おりくは神妙な顔で言って頭を下げた。京が流産したことを知っていて、悔やみの言葉を告げてきたのだ。京とおりくは、寺にまつわる茶事で親しくなったと聞いていた。

「お京さまは、さぞかしご無念でございましたでしょう」

と言い足した。

「うむ。あまり気分がすぐれぬようだ」

とつい、正紀も言ってしまった。

「それはそうでございましょう。ならばいかがでしょう。水子の供養に、お二人で当寺へお越しになっては」

読経をし線香をあげることで、子どもの霊も成仏し、それで京の心も安まるのではないかと誘ってくれたのである。

「なるほど。それはよいかもしれぬ」

部屋に引きこもっているばかりでは、気持ちが晴れるわけがない。誘ってみることにした。

五

庫裏の玄関先を出たところで、正紀は寺侍の塚原と出会った。他の檀家の見送りをした後らしかった。

「今日はまことにご苦労様でした。また藩の分担の金子を収められたとのこと、祝着にございます」

ねぎらいの言葉をかけてきた。商人のような、気さくな印象がある。そして京の流産についても触れた。

「まことにご愁傷《しゅうしょう》さまでございました」

憂《うれ》い顔になって、再び頭を下げた。伝えた覚えはないので、おりくからでも聞いたのだと思った。

塚原は二刀を腰にしているが、町人にも腰が低く、檀家については情報通といった印象があった。寺侍としては、優れているのかもしれない。

それに何よりも感心するのは、身ごなしに隙が無く堂々としている点だ。詳しく聞いたことはないが、それなりの剣の修行をした者だと感じていた。小柄な体軀《たいく》であっても、それで侮《あなど》る者がいたら、痛い目に遭わされるだろう。

ただ塚原は、おりくのように、京の流産を胸の内から案じている様子ではなかった。

話題を改築話にすると、すぐにいつもの表情になった。

「実は一昨日《おととい》、当屋敷へ材木問屋の主人が挨拶に参った。本堂の改築について、材木を卸したいと申してな。耳の早い者たちであった」

寺にも来ているのかと尋ねた。

「はい。すでに何軒も来ております。誰が話を漏らしたのやら」

苦々しい顔で応じた。単なる様子伺いから、真剣に話をしてくる者までいろいろだという。

「当家に参ったのは、増岡屋と小佐越屋であった」

と伝えた。

「どちらも檀家衆ではありませぬが、寺へも来ています。他で評判を聞きますと、小佐越屋は、しっかりとした仕事をするそうです」

と小佐越屋を勧める言い方をした。

山門の横手には、墓地に通じる細道がある。正紀と佐名木が境内から出ようとしたところで、ばったりと高浜屋喜三郎に会った。体から線香のにおいがして、墓参りをしてきたのだと察せられた。

喜三郎は黙礼をした。身分が違うから、それで離れるつもりだったらしい。しかし正紀は、少し話をしようと思った。商人と話をすることは、無駄ではないと考えるようになった。

こちらから近づき声掛けをした。

「どうだ、入札はできそうか」

建部から勧進をするようにと伝えられたとき、檀家衆の名を記した紙を受け取った。浜松藩が当たる檀家にはレ印がついていて、正紀と正広は印のない家を回ることになった。

高浜屋にはレ印はなく、正紀は店まで赴いたのである。

先ほど本堂での高浜屋に対する太田黒の対応はいかにも冷ややかだったが、正紀は、高浜屋にレ印がついていなかったことを思い出した。もしレ印がついていたら、太田黒はああいう言い方をしなかったのではないかと考える。

「さあ、どうでございましょう。精いっぱいの品を、精いっぱいの値で卸したいと考えております」

喜三郎は、揺るぎのない眼差しで言った。結果は分からないが、自分にできることはしたいと言い添えた。

そこまで歩こうと伝えて、並んで歩き始めた。

「その方は、浄心寺の代々の檀家なのだな」

「五代前からでございます。その折の当主が、常陸霞ヶ浦に流れ出る鯉川《こいがわ》の河口に近いあたりにある高浜河岸から江戸へ出てきて、店を持ちました。縁あって、浄心寺の檀家となりました」

屋号は、郷里の河岸《かし》場《ば》の名からとったのだと伝えられた。これは祖父から聞いた話だがとして、喜三郎はつづけた。

「江戸へ出たばかりの頃は、商いもうまくはいかなかったようです。それでも徐々に商いは上向いて、今の店になりました。その折々の心の支えになったのが、浄心寺でした。浄心寺さんのご加護があったから、今があると考えております」

「それで恩返しをしたいわけだな」

「さようでございます」

正紀は鬼《き》怒《ぬ》川を上ったことはあるが、同じ常陸でも霞ヶ浦や北浦《きたうら》へ足を延ばしたことはなかった。下り塩や淡口醤油は、高岡河岸を経て霞ヶ浦へも運ばれている。

一度は行ってみたいと思っていた。

正紀の父方の叔母品《しな》は、府中《ふちゅう》藩二万石松平頼前《よりさき》の正室となっている。叔母だけでなく頼前にも、淡口醬油を売るための茶会では力を貸してもらった。その府中は、鯉川を上った先にある。

「高浜河岸には、うちの出店《でだな》がありまして、喜兵衛《きへえ》という私の弟が商いをしております」

筑波山《つくば》から切り出した木材を、喜兵衛は仕入れ、鯉川を使って高浜河岸へ運ぶ。さらに筏《いかだ》を組んで利根川へ出、関宿《せきやど》へ運ぶ。関宿を経由した筏は江戸川を下って江戸へ運ばれる。下り塩や淡口醬油とは、逆の流れだった。

霞ヶ浦も利根川も、常陸と江戸を結ぶ物流の基幹となっていることを改めて感じた。

「ならば、高岡河岸も存じておるな」

「もちろんでございます。この半年ほどの間に、様相が変わってまいりました。荷船から荷下ろしをしたり荷入れをする様子をよく目にいたします」

江戸から関宿経由で運んだ荷を、いったん高岡河岸へ置く。そこで鬼怒川や霞ヶ浦、北浦や銚子《ちょうし》へ運ぶ荷と分けるのである。今は取手《とりで》河岸が中心になっているが、高岡河岸も負けないぞと、正紀は意気込んでいた。

「高浜屋の材木を、高岡河岸へ置かぬか」

品目が増えれば、河岸はさらに活気を帯びてくる。雇用も生まれて、村は徐々に潤ってくるだろう。飢饉や凶作に遭っても、飢えなくて済む。

「井上様のお力添えで、浄心寺に材木を納めさせていただけることになりましたら、置かせていただきます」

喜三郎は意味ありげな目を向けた。そこにはしたたかさも潜んでいる。

檀那寺への思いはあるにしても、計算は忘れない。喜三郎は善良なだけの人物ではなく、商人でもあった。

高岡河岸利用を条件に正紀が高浜屋を推したら、寺への檀家の思い、先祖を敬う人人の思いを踏み躙《にじ》ることになる。

「ははは」

正紀は声を上げて笑った。すると喜三郎も、合わせたように笑い声をあげた。

どちらも無理強《むりじ》いはしない。本堂は、曇りのない気持ちで建てたいと思っているからだ。

「一月ほど前のことでございますが」

喜三郎は話題を変えた。笑い顔はすぐに消えた。

「私どもの店の木置場で、何者かが細工をし、材木が倒れる一件がありました。丑之助という番頭が、それで足の骨を折りましてございます」

どこかで耳にした話だと思った。それであっと気がついた。山野辺が探索を行っていた事件である。転倒防止のための縄を切った人足ふうを捜していた。その後どうなったかは、聞いていなかった。

山野辺とは、神道無念流《しんとうむねんりゅう》戸賀崎《とがざき》道場で剣術を学んだ剣友である。身分は違うが、おれおまえの仲で付き合っていた。互いに多忙で、近頃は気軽に会うこともままならぬ境遇になっていた。

分担金を作るのに夢中で、山野辺から聞いた話はすっかり忘れていた。

「調べは、どうなったのか」

「豊吉なる者の仕業だそうですが、殺されたと聞きました」

「そうか」

面倒な事件になっているのだと知った。

六

殺害のあった日の夕暮れどき、行徳河岸で屋台店の燗酒を飲んでいた豊吉を、誘い出した二人の者がいた。一人は商人で、それが伊四郎、もう一人の小柄な侍は塚原だと踏んで、山野辺は調べを進めていた。

何か起こると予想はしていたが、ついに死人が出た。しかもそれは、材木を倒した罪人として捜していた人物である。

材木が倒れて怪我人が出た事件は先触れで、さらに大きな企みに繋がっていることを予感した。

死体発見現場付近での目撃者は得られなかったから、山野辺は次に、伊四郎と塚原の犯行当日の動きを探った。

伊四郎はその日の夕暮れどき前には、店を出ていた。小僧に聞くと、早く用事が済んだので家へ帰ると告げたらしかった。

住まいは町内のしもた屋で、そこから通っている。伊四郎は妻子を持たず、一人で暮らしていた。山野辺はそのしもた屋へ行って、近隣の者に問いかけをした。

「ええ、会いましたよ。挨拶をしました」

斜め向かいの中年の女房は、そう言った。

「その後、出かけたのではないか」

「さあ。でも明かりが灯っていたので、いたんじゃあないですか」

という返答だった。

他の者にも聞いている。顔を見たのはその女房だけだったが、家の明かりを目にした者は他にもいた。

「明かりがついていたからといって、家にいたとは限らないぞ」

とは思うが、いなかったと断定もできない。本人に聞けばいたと答えるに決まっているから、問いかけはしなかった。直《じか》に迫るのは、もっと確かな証拠を摑んでからだ。

塚原は、小坊主の話では寺にいたことになっている。庫裏の外れに一室を与えられているが、部屋にこもったままだった。廊下を通った小坊主は、明かりが部屋から漏れているのを見たという。

夕食は、箱膳を部屋へ持ってゆく。夕暮れどきにはすでに台所の棚から運び出され、翌朝には戻っていたそうな。これもいなかったと断定できるものではなかった。

決め手はない。本人には当たらぬまま、様子を見ることにした。

商売絡みの話ならば、まず動くのは伊四郎だ。そこで山野辺は手先と交代で、小佐越屋を見張った。高浜屋の材木を倒し、豊吉を殺した。それで終わりのわけがない。

かならず次の動きをする。それが尻尾を摑む機会になると考えていた。

手先と合流しても、二人揃って動いた。酒を飲む店に入ったら手先も入らせて、話を聞き取るつもりだった。

暮れ六つ（午後六時）の鐘が鳴り始めたとき、提灯《ちょうちん》を手にした伊四郎が店を出てきた。仙台堀《せんだいぼり》の河岸道を西へ向かって歩いてゆく。

山野辺は手先と共に伊四郎をつけた。

大川にぶつかる手前で、左折をする。川沿いの道を、北へ向かった。小名木《おなぎ》川や竪《たて》川《かわ》を越えて、東両国の広場へ出た。入ったのは、前にも使ったひさごという小料理屋だった。

塚原と酒を飲んでいる姿を、山野辺は目撃している。

格子戸が開いたままになっていて、明かりが通りに漏れ出ていた。話し声が聞こえて、前回よりも混んでいる様子だった。

案の定、店の中には塚原がいた。その顔が、通りからも見えた。二人は小上がりにいて、それぞれの盆を間に、向かい合って座った。

「行けっ」

山野辺は手先に耳打ちした。こういうことになると予想していたので、酒に強い者を連れてきていた。酒代も渡してあった。

手先は、さりげない様子で店の敷居を跨いで中に入った。ただ伊四郎らのいる小上がりの隣には、座れなかった。すでに職人ふうの三人組がいて、燗徳利を並べて気炎を上げている。

手先が腰を下ろしたのは、その三人組を間に挟んだ場所だった。

酒を酌み交わしながら、伊四郎と塚原が話をしている。顔を寄せて話しているから、声は小さいのではないかと察せられた。手先がどこまで聞き取れるかは、疑問だった。

話し合う様子を見ていると、塚原の方が口数が多い。伊四郎は、塚原から何かを聞いて、それに問いかけをしている気配だった。

手先は一人で、黙々と飲んでいる。怪しまれるから、伊四郎らの方をちらちら見てはならぬと告げてあった。

伊四郎と塚原が酒を飲んでいたのは、半刻（一時間）ほどのことだ。今回も伊四郎が代金を払って、二人は外へ出た。店の前で別れると、それぞれ歩き去っていった。

間を置かず、手先も店から出てきた。

「隣がうるさく、あいつらは小声で話していたので、切れ切れにしか聞こえませんでした」

申し訳ないという顔で手先は言った。ともあれ、耳に入った言葉をすべて言わせてみる。

「何でも寺へ、檀家衆が集まったようです。その中には、お大名の若殿様もいたそうで」

「どんな話をしたのか」

「本堂がどうとか、材木がどうとか、そういう話です。高浜屋っていう店の名も出ましたぜ」

「そうか」

これは大きな収穫だ。これまでの一件と繫がる。

「寺の改築をする話じゃねえかと思いやす」

「なるほど。それでどこの大名家の若殿が来ていたのか」

「ええと、それは……。ああ、浜松藩の、分家とかなんとか」

「では、高岡藩と下妻藩ではないか」

ならば姿を現したのは、正紀と正広ということになる。そこで山野辺は、あっと気が付いた。高岡藩の檀那寺が白山丸山の浄心寺だと聞かされていたことを思い出したのである。

「そういえばあいつは、本堂の改築に当たって、奉行役を押し付けられたと言っていたではないか」

こうなると手先に思い出させるよりは、直に正紀から聞く方が早い。手先を帰らせた山野辺は、下谷広小路《したやひろこうじ》にある高岡藩上屋敷へ向かった。

「こんな夜分に、山野辺が訪ねて来ただと」

植村から来訪を聞かされて、正紀は驚いた。しかし相手が山野辺では、追い返すわけにもいかない。捨て置けない用事があるのだと察した。

「材木問屋の小佐越屋の番頭伊四郎をつけたら、東両国の小料理屋ひさごで、浄心寺の寺侍塚原と会っていた。寺では普請にまつわる集まりがあったらしく、塚原はその模様を伝えたようだ」

山野辺はその詳細を知りたいといって、やって来たのだ。

「まずは、これまでの調べの詳細を聞かせてもらおうではないか」

昼間寺からの帰り道に、正紀は高浜屋と話をした。気になっていたので、早晩山野辺から、ここまでの調べについて知りたいと思っていたところだった。

山野辺は改めて材木が倒れたところから、豊吉が殺害されたこと、そしてその後の調べの中で、伊四郎と塚原が怪しいと睨んで聞き込みをしてきた一部始終を話した。

次に正紀が、浄心寺改築にまつわるこれまでの顚末《てんまつ》を、細かく伝えた。今日の打ち合わせの結果についても話した。

「なるほど。豊吉を斬殺したのが塚原で、唆《そそのか》したのが伊四郎だというわけだな」

「いかにも」

確信を持った眼差しで、山野辺は頷いた。

「二人は、間違いなく繫がっているな」

塚原は、「小佐越屋は、しっかりとした仕事をする」と口にしていた。今となってみれば、その意図が読み取れる。

「小佐越屋は、本堂改築のための材木納入をもくろみ、商売敵の高浜屋に汚点をつけようとしたのであろう」

「いかにも。高浜屋は檀家で、何としても入札をしたいと考えている。そうなると、他のどの店よりも強敵だ」

山野辺の言葉に、正紀が返した。

「伊四郎と塚原に加えて、太田黒が交ざったことがあると申したな」

「うむ。蔵前《くらまえ》通りの店でな。しかしそれは一度だけだ」

とはいっても、山野辺が見かけたのが一度だけだったと正紀は思う。

「太田黒も関わっているぞ」

寺での打ち合わせの折、高浜屋が、入札については檀家であることを考慮してほしいと発言した。しかし太田黒は、冷ややかにそれを拒絶した。これも山野辺の話を聞いた後では得心がゆく。

「塚原という寺侍は、にわかに胡散臭《うさんくさ》く思えてきたぞ」

正紀は呟《つぶや》いた。

七

京は、朝の読経には欠かさず顔を出す。もう顔色も、案ずるほどに青白いわけではない。体は徐々に回復している。しかし正紀にしてみると、それで一安心という気持ちにはなれなかった。

肝心の心が、快癒《かいゆ》の気配を見せていない。

仏間に顔を見せると、正紀に対して丁寧な挨拶をする。けれどもそれだけだった。正紀が話しかけても、「はい」とか「いいえ」ばかりで会話にならない。うつろな目が、畳の縁に向けられている。

京はこれまで、己に自信を持って生きてきた。だから高飛車なもの言いも当たり前にした。ところが腹に初めて宿した子を、流産してしまった。この出来事は、京の胸の内にある矜持《きょうじ》を砕いてしまったのではないかと、正紀は感じている。

どうしたら自信を取り戻させることができるか……。妙案が浮かばない。

先日浄心寺へ行った折、おりくと話をした。そのことは、伝えなくてはと考えていた。水子の供養をしないかと誘われてもいる。

ただ京の様子を見ていて、なかなか言い出せないでいたが、今日は思い切って話をした。

「どうだ。近いうちに、二人で浄心寺へ参らぬか」

断られたなら無理強いはしないつもりで、正紀は口にした。

「流産した子の、供養でございますね」

「そうだ」

京の目に、久しぶりに気持ちの流れが過《よぎ》ったのを感じた。

生まれ出ることはできなくても、命が宿ったのは間違いなかった。ならば供養をしてやりたい、と考えたらしかった。

「…………」

それでもすぐには、返事がなかった。

「では明後日に、参るといたそう」

できるだけ早い方がいい。その日ならば行けることを考えて告げた。京は首を横に振らなかった。

今日は、本堂改築にあたっての材木納入について、入札希望の問屋が浄心寺に集まることになっていた。すでに塚原が、問屋に伝えてあるという。

「どれほどの店が集まるのであろうか」

「そう多くは、ありますまい。入札できる見込みがなければ、商人は初めから関わらないでしょうからな」

正紀の問いかけに、佐名木はこともなげに応じた。

この集まりには、正甫の名代として建部と正棠、それに正紀と佐名木、正広と竹内、加えて顧問格の松平信明が加わる。勧進の集まり具合については、浜松藩から太田黒、高岡藩からは青山、そして下妻藩からは正広付きの小姓水澤拓真《みずさわたくま》が報告をする。

庫裏内の控えの間へ行くと、正広の姿があった。この部屋には、竹内や佐名木は入らない。そこへ姿を現したのが、信明だった。

信明は、正紀や正広よりも上座に腰を下ろす。そこで二人は、両手をついて挨拶をした。信明から丁寧な答礼があった。

「先日はご助勢を賜《たまわ》り、恐悦《きょうえつ》に存じまする」

正広が、礼の言葉を述べた。分担金二百両について、大麦と銭の相場で拵えたことを正棠が武家にあるまじきこととして責め立てた。しかし信明は、不正をなしたわけではないと庇《かば》ったのである。

信明の言葉で、正棠の攻撃は止んだ。正広はその礼を口にしたのである。正紀にはすぐに、正広の心中が分かった。

だが信明の反応は、予想とは違った。

「はて」

正広の礼の意味が分からないらしかった。多忙な身の上だから、些事《さじ》など記憶にとどめていないのかもしれない。

「いや、当家の分担金捻出について、お言葉を頂戴したことについてでございまする」

慌てて、正広は言い足した。

「ああ。大麦や銭の相場で、金子を得た話でござったな」

思い出したらしいが、はるか昔の話を聞かされたといった顔だった。

「さようにございます。あのお言葉で、救われた気がいたしました」

正広の本音に違いない。だからこそ口にしたのである。

「いやいや、不正をなしたわけではない、と伝えただけでござる。責め立てるほどのことではあるまい。ただ正業様の申された点も、分からぬわけではなかったですな」

にこりともしない顔で言った。大麦や銭の相場で稼いだことを否定はしないが、武家として好感を持っているわけではない、ということだ。

信明は続けた。

「相場で金子を得ても、誰かを騙したわけではござらぬ。しかし額に汗して金子を増やしたわけではない。大麦や銭を右から左へ移して、利鞘《りざや》を取ったという話でござる。それは商人の仕事で、武家の役目ではないと考えるのは、正業様だけではござるまい」

こう告げられると、正広は返答ができなかった。

武家と商家は、役目が違うという意見だ。それはその通りかもしれないが、正紀の考え方とは異なった。ではほかに、どのような手立てがあったのか。今の信明の言葉では、解決がつかない。

その金子がなければ、分家としての面目が潰れた。廃嫡の危機に追いやられる。信明の言葉をそのまま受け入れるならば、武家が金のために面目を潰されたり、廃嫡の憂き目に遭ったりするのはおかしな話だ。

とはいえ七万石の吉田藩は、一万石の小藩とは財政事情が違う。言い返す気にはならなかった。

信明は敵ではないが、諸事に共感し合う者でもない。人は自分に都合よく関わるわけではないと実感した。

足音が聞こえて、建部と正棠が部屋へ入ってきた。

入札の詳細について説明を聞きに来た問屋は、佐名木が予想した通り多くはなかった。正紀ら檀家側が着座したとき、本堂に集まっていたのは六つの問屋の主人と数人の番頭、手代だけだった。
この段階ですでに、屋号と主人の名、それに店のある場所を、塚原が指図して紙に書かせていた。
浅草材木町河越《かわごえ》屋仁七郎《じんしちろう》
牛込《うしごめ》揚場《あげば》町川俣《かわまた》屋平助《へいすけ》
深川冬木町小佐越屋文吾左衛門
日本橋新材木町増岡屋尚右衛門

日本橋本材木町高浜屋喜三郎
本所相生《あいおい》町羽田《はねだ》屋忠兵衛《ちゅうべえ》

一番高齢なのは河越屋で五十代半ば、若いのは羽田屋で三十歳前後に見えた。主人だけの店もあるし、番頭や手代を引き連れた店もあった。小佐越屋は伊四郎を連れ、喜三郎は一人だけだった。一同、神妙な面持ちで座っている。

仲達が、冒頭の挨拶を行った。檀家総代であった先の浜松藩主正定の三回忌法要までに、本堂の改築を済ませる旨を伝えた。威厳を込めた、重々しい口ぶりだった。

次に宮大工の宇左衛門が、普請の概要を話した。相手は素人《しろうと》ではないので、先日の檀家たちの前で話したときとは内容が違った。

柱や梁になる材木は、檜か檜葉、欅に限ると指定をした。杉材は、下地材や化粧板のみの使用と告げている。本数と、それぞれ必要な末口《すえくち》（丸太の梢の方の切り口）と元口《もとくち》（根元に近い方の切り口）の寸法についても触れた。

主人や番頭たちは、告げられた内容を持参した綴《つづ》りに書き留めていった。

「何か、確かめておきたいことが、ありますかい」

話し終えた宇左衛門が、問屋たちを見回しながら言った。いくつかのやり取りがあり、問屋たちが納得したところで、宇左衛門は下がった。

次いで奉行役の正紀が、入札の方法とその日取りについて伝えた。

「入札は、今日より十日後、昼四つ（午前十時）にこの本堂で行う。木材の内容と金額を、紙片に記入し厳封《げんぷう》の上で持参することとする」

一同揃ったところで開封して金高を明らかにし、材木納入の業者を決める。異存を唱える者はいなかった。

「いったい、どのくらいで受けるおつもりですか」

「そうですね、在庫や仕入れ先にも当たらなくてはなりませんので」

問屋同士が、腹の探り合いを始めている。

伊四郎と塚原、太田黒は親しいはずだが、寺の中では目を合わせることもなかった。初めに会った折に、初対面のような挨拶をしただけである。

いずれも見事な狸親仁《たぬきおやじ》ぶりだった。

本堂内での一部始終を、山野辺は本堂の回廊からうかがっているはずだ。山野辺が都合のいい場所に身を置くことができるように、正紀は配慮をしていた。

すべてが済んで一同が引き揚げた後、正紀と山野辺は話をした。

「文吾左衛門や伊四郎は高浜屋だけでなく、やって来た問屋衆にも度々目をやっていた。やはり気になるのであろう」

この二人は、他の者よりも聞いたことを書き写す量が少なかった。すでに塚原から聞いているからだろうと言い足した。

「伊四郎が熱心だったのは、問屋衆の屋号と名を書き留めるときだった」

「なるほど。それで小佐越屋というのは、どのような店か」

正紀は問いかけた。山野辺は小佐越屋について、あれこれ聞き込みをしているはずだった。

「日光《にっこう》街道今市《いまいち》宿より、奥州《おうしゅう》街道白川《しらかわ》宿へ抜ける道がある」

「白川道だな」

「そうだ。鬼怒川に沿った、谷あいの険阻《けんそ》な裏街道だ。白川からさらに会津《あいづ》へも抜けられる道でな」

今市宿から川に沿って、三里（約十二キロ）上ったところにあるのが小佐越宿だった。文吾左衛門は、その宿に住む山持ちの次男坊だった。父や兄と材木商いに関わっていたが、十四年前に姉の倅《せがれ》である伊四郎を伴って江戸へ出て来た。

「もともと金はあったはずだが、それでもこの十四年で、今の店にしたのは並大抵ではなかっただろう。まあやり手だったのではないか」

「阿漕《あこぎ》な真似も、してきたのであろう」

「商売敵の問屋で、納品の材木を破落戸《ごろつき》に奪われた者もいる。しかし誰がやったかは分からぬままだ」

「そしてその仕事を、小佐越屋が引き受けたわけだな」

「いかにも。しかし周到なやつらでな、やった証拠は何も残していない」

「ではこれからも、邪魔立てをするのか。いや、すでにしているのか」

浮かんでくる疑問だ。

すでに名乗りを上げていたのは、正紀が知る限りでは高浜屋と増岡屋だ。こちらが知らないだけで、他にもまだいるかもしれない。

「その者らは、何らかの嫌がらせをされた、あるいはされる虞《おそれ》があるだろうな」

「うむ。しばらくは、そのあたりを探ってみよう」

小佐越屋が、さらなる企みを練っているのは明らかだった。

第二章　京の直談判

一

山野辺は、浄心寺本堂に姿を見せた六軒の問屋のうち、小佐越屋と高浜屋を除く四軒について、調べてみることにした。この四軒については、何の情報も得ていなかった。

豊吉がこれら四軒にも悪事や嫌がらせをしているならば、そこから小佐越屋や伊四郎がなした悪事の尻尾を摑めるかもしれない。そういう思惑があった。

まず行ったのは、浅草材木町の河越屋である。

浅草寺のすぐ南にある町で、東側を浅草川が流れている。荒川《あらかわ》を使って材木を仕入れている店だ。

町内にはいくつかの材木問屋があるが、河越屋は中どころといっていい店だった。店に入って、主人の仁七郎から直に聞いた。五十代半ばといった歳だ。

「浄心寺さんの改築話は、問屋仲間から知らせが入って、それで知りました。こんなご時世でも、贅を尽くした普請をなさる人はいます。でもね、さすがにたくさんはいません。ですから、なかなかうちみたいなところへは美味しい仕事は回ってきませんん」

「それで入札に名乗りを上げようとしたわけだな」

「はい。大きな寺ですし、お大名家も関わる普請ですので、受注できれば店の格も上がると思いました」

事前に誰かに漏らしてはいない。もちろん商いの妨害や嫌がらせを受けたことはないと告げた。

次に行った増岡屋は、東堀留川《ひがしほりどめ》の河岸にある。新材木町という名の通り、このあたりにも材木問屋が何軒かあった。町に入ると、木の香が漂ってくる。

増岡屋は界隈では一番の大店《おおだな》で、深川の東の外れに広い木置場をもっているそうな。

ここでは主人が留守で、初老の番頭から話を聞いた。

「仲達様と親しい寺のご住職から、改築の話を聞きました。一月《ひとつき》以上も前です」

それで主人と番頭とで、寺の本堂を見に出かけた。どの程度の材木が必要か、ざっと見積もったのだという。

「ぜひやろうという話になりましてね。四月の初めには、菓子折を持って寺へ挨拶に参りました」

仲達や塚原と会って、寺の由来など聞いたという。

山野辺は、ここで話題を変えた。この一月ほどで、何かの被害に遭ったり嫌がらせを受けたりしたことはなかったかと尋ねたのである。

「材木職人にしても荷運び人足にしても、血の気の多い者はいますから、喧嘩沙汰などはあります。ですがひどい怪我人が出ることはまずありません」

「では、これといった出来事は何もないのだな」

「若い者の悶着《もんちゃく》は、そのくらいのものです。ただ気になることがありました」

初老の番頭は、額に皺《しわ》を寄せた。

山野辺はその顔を見つめた。

「二十日くらい前でしょうか。店の脇の木置場で、小火《ぼや》騒ぎがありました。すぐに気が付いて、消火にあたりました。杉板一枚焼きましたが、それで済みました」

「それは何よりだった」

たとえ付け火でも、事件があったのは南町奉行所が月番のときだった。表通りではなく、木置場にあった板一枚が焼けただけでは、北町奉行所の高積見廻り方まで連絡はこない。それで山野辺はこの件を知らなかった。

「火の手の上がる場所ではありません。材木を商う家ですから、火の始末については、充分に気を付けております」

「付け火としか考えられないわけだな」

「そうです」

はっきりとした口調で、初老の番頭は言った。

そこで定町廻り同心に伝え、土地の岡っ引きにも調べをさせた。火の手が上がったのは夜間で、放火を見た者はいない。店の小僧が小火に気づいて声を上げたのである。

「周辺に、怪しげな者はいなかったのか」

「木戸番小屋の女房が、駆け抜けて行く男を見たそうでございます。他にも人は通ったそうですが、その男は提灯《ちょうちん》も持たず、逃げてゆくようだったと話しています」

刻限は、小火騒ぎがあったときとほぼ重なる。身なりは人足ふうで、顔もちらとだが見えた。木戸番小屋の軒下には、提灯を灯している。

町に住む者でも、仕事をしに来る者でもなかった。初めて見た顔で、人物の特定はできなかった。その男が火を放ったかどうかは決めつけられないが、他の不審者に気付いた者はいなかった。

「これからも、付け火には気をつけよ」

山野辺はそう言い残して、増岡屋を出た。

初老の番頭は、この小火騒ぎを浄心寺改築の入札の件と繋げて考えてはいない様子だ。しかし山野辺は違う。

その足で、町の木戸番小屋へ行った。顔を見たという中年の女房に、問いかけをした。

「見たといっても、あっという間のことですし薄暗がりですから、はっきりとは覚えていません」

まず返ってきた言葉はこれだった。それでもかまわないとした上で、顔つき体つきなどを訊いた。

「ずいぶん前ですからねえ」

と断ったうえで、しばらく考えた。そして「ああ」と小さな声を上げた。

「四角張った顔だったと思いますよ」

「ほう」

その顔形には、覚えがあった。豊吉の似面絵は、まだ懐に入れている。それを取り出した。

「ああ、こんな顔だったと思います」

少しばかり見た後で、女房はそう言った。断定したわけではなかった。

ただ山野辺は、その言葉だけでも、ここへ来た甲斐があったと感じている。

川俣屋のある牛込揚場町は、神田川を西へ上がって牛込御門の手前にある。遠いが、労を惜しむつもりはない。

最初に行った河越屋と同じくらいの規模の店だった。三十代の番頭が応対をした。

問屋仲間から知らされて、浄心寺の改築を知った。店の飛躍のために、大きな仕事をしたい。そういう思いで、受注を目指すことにした。

迷惑なことは、起こっていなかった。

そして山野辺は、神田川を舟で下り本所相生町へ移動し、羽田屋へ行った。

ここは、増岡屋や高浜屋に劣らない規模の店だった。店舗の脇に、広い木置場を備えていた。積まれたり、立てかけられたりした材木の量も豊富だった。

近隣で聞くと、羽田屋は老舗だそうな。

ここでは主人の忠兵衛が、相手をした。先代が隠居をしたばかりで、主人になって間がない。大きな仕事をしたいと思っていた矢先に、浄心寺の檀家から話を聞いた。それで先月の初めには、名乗りを上げていた。

「ご住職と寺侍の方には、ご挨拶に上がりましたよ」

と忠兵衛は言った。

迷惑なこと、厄介なことなどに遭遇していないか尋ねた。

「そういえば十日ほど前でしょうか、材木運搬の折に喧嘩騒ぎになりそうなことがありました」

苦々し気な顔になっている。

角材を、荷車に積んで運んでいた。満載の荷車が二台で、それぞれ前後二人ずつ、これに手代が一人ついていた。大川に沿った道を小名木川方面に向かっていたとき、無宿人ふうの男十名ほどが絡んできた。

「ぶつかってなどいないのに、ぶつかってきたと言い張りました。初めから、喧嘩腰だったそうです」

手代は、屋号を染め抜いた半纏を身に着けていた。人通りの多い場所で、ここで喧嘩にでもなれば、羽田屋の名に傷がつく。怪我人でも出れば、なおさらだ。

手代は下手《したて》に出て、応対をした。しかし話が通じる相手ではなかった。次第に羽田屋側の人足たちが腹を立て始めた。難癖をつけられて、黙っていられる者たちではない。

一触即発となったところで、土地の岡っ引きが子分を連れて駆けつけてきた。それでどうにか事が治まったのである。

「無宿人ふうの中に、一人しきりに煽《あお》り立てる者がいたそうです。相手をした手代はその男に、特に腹を立てていました」

山野辺は、相手をした手代を忠兵衛に呼ばせた。

やって来たところで、豊吉の似面絵を手代に見せた。

「こいつです。初めから喧嘩にするつもりで、無茶なことばかりを口にしていました」

四角張った顔で唇の近くにほくろ、間違いないと言い足した。

正紀は山野辺の報告を、その日のうちに聞いた。

「豊吉は入札に関わる店に、失態を起こさせるために働いていたわけだな」

果たしていた役割が、はっきり見えた。

「他の店の評判を落とそうと動いている者が、捕えられては面倒だ。それでばっさり、やったわけだ。これで、死人に口なしだからな」

山野辺は決めつけた。

「豊吉はこの世にいなくなったが、このままでは済まぬぞ」

「いかにも」

正紀の言葉に、山野辺が頷いた。

二

宮大工宇左衛門の仕事場は、南八丁堀《みなみはっちょうぼり》にある。正紀と正広は、誘い合わせて宇左衛門に会うために出かけた。

材木の納入業者を決めるのは寺だが、檀家やその総代である井上一門の意見が大きく左右する。しかし実際の普請に携わる者として、宇左衛門の意見もたいへん重かった。

どの樹種が最適か、どこの店がいいか、本音を聞きたいと思っていた。

当代一流の宮大工と誉れ高い者だ。材木問屋との関わりも、広く深いはずである。様々な評判も、耳にしているだろうと思った。

正紀と正広は、奉行役として普請に関わる。初めは無理やり押し付けられた形だが、今は完成までやり遂げたいという気持ちになっていた。

宇左衛門とはこれまで何度か会っているが、他にも人がいて、ゆっくり話をする機会がなかった。宮大工の仕事場も見てみたい。

八丁堀は江戸の海から、楓川や京橋《きょうばし》川、三十間《さんじっけん》堀との合流点までを繋ぐ掘割だ。荷船の通行が少なくないが、人を運ぶ舟や、材木の筏などもときにはやって来る。

天井が高く、広い小屋が作業場だった。その脇には丸太を積んだ木置場があった。木の香があるだけでなく、鋸《のこ》を引く音や、鉋《かんな》を使う音が聞こえてきた。

「元口が、それがしの腰周りよりも太いものがありますぞ」

正広が横に並んで、手を触れた。見回すと、それよりも太い丸太もあった。中心になる柱や梁に使われるのだろう。

訪《おと》ないを入れると、すぐに宇左衛門が姿を現した。

「よく、来てくださいました」

寺ではいつも、仏頂面《ぶっちょうづら》をしていた。今日も笑顔で迎え入れるわけではないが、迷惑だというそぶりは感じさせなかった。

まず作業場を見せてもらった。宮大工は、自ら木組みの木材を削ってゆく。その分だけ一人前になるための修業の期間が長くなる、と宇左衛門は言った。

材木に、墨付けの仕事をしている若い職人の姿があった。

「釘や金物をほとんど使わず、木そのものに切り込みをして嵌《は》め合わせます。削りが足りなければ嵌《はま》りませんし、削り過ぎたら嵌りが甘くなります。すべてを手刻みでやりますから、技だけではなく、木を読む力もなくちゃあなりません」

「木を読むだと」

面白いことを言うと思って、正紀は正広と目を見合わせた。

「一口に檜や欅といっても、まったく同じものはありません。一本一本、性質がちょっとずつ違います。どんな育ち方をしたのか、その木の性質をよく見据えた上で、どういう使い方をすればいいか決めるということです」

「木に合わせた使い方をするわけだな」

「そうです。そうすることで、堅牢《けんろう》な建物になります」

「なるほど」

正紀と正広は頷いた。

太さが一尺（約三十センチ）ほどの、すでに樹皮の剝かれた材木が数本並んでいるところで、宇左衛門は立ち止まった。その丸太を、指で撫でながら言った。

「これは、欅です。檜よりも硬く、狂いが少ない木材です。落ち着いた風合いがありますんでね、人気があります。無節《むせつ》のものならば、そのへんの檜よりも高値になります」

　檜が何よりも高級材という印象を、多くの者が持っている。樹種だけで騙されてはいけない、と言いたいらしかった。

「節《ふし》が多いと、安値になるわけだな。なぜか」

「節には支える力がないからです。節の部分は、他と比べて厚みが少ない分だけ弱いのです。他の材を被《かぶ》せて使えば気付かれずに済みますが、そんなことをしたら、初めはよくても、二十年三十年するうちに脆《もろ》さが現れ出てきます」

　節が多い木は、木材として質が良くないといわれる理由を初めて知った。

　次に桁を支える肘木を彫る様子を見た。鑿《のみ》や鉋も大小様々、多種多様な形で何本もあった。曲面を削る丸鉋も、大きさだけでなく湾曲の度合いの違うものがいくつも見られた。

「丸鉋は、道具屋で買った鉋を、使いやすいように自分で削るんです」

　宇左衛門は言った。

　一回り見廻ってから、母屋の座敷に通された。若い弟子が、茶菓を運んできた。

「近くある入札の折には、棟梁《とうりょう》としては材質にこだわりたいわけだな」

　奉行役として、正紀が言った。

「それはそうですが、納入の時期も、きっちり守ってもらわないといけません。そうでないと、来年の殿様の三回忌に間に合いませんから」

丸太を削って材をつくるところから仕事を始めるわけだから、当然といえば当然だ。

「では、先日入札の打ち合わせに来た材木問屋についてはどうか。それぞれの評判を聞いているのではないか」

　これも聞いておきたいところだ。

「高浜屋と羽田屋の材木は、前に使ったことがあります。どちらも確かな品で納期も守りましたよ。でも小佐越屋は、噂では安値をつけるそうです」

　河越屋や川俣屋は知らないと続けた。

「安かろう悪かろうでは、困るぞ」

「それはそうですが、どこかの店に決まったら、あっしはその材木で普請をします。それだけのことです」

　宇左衛門はそう言った。

　半刻ばかりいて、正紀と正広は南八丁堀の仕事場を出た。

すでに向かう道筋で、正紀は正広に、山野辺が調べた豊吉殺しの一件について、高浜屋の材木が倒壊したところから、詳細に伝えていた。

南八丁堀から本材木町の高浜屋までは、目と鼻の距離といっていい。正広は店を見てみたいと言った。

ならばということで、楓川河岸に出た。真っ直ぐな河岸の道を、江戸橋方面に向かった。

高浜屋の店の前あたりで、荷船から荷下ろしをしている人足たちの姿が見えた。掛け声が上がっている。材木が届いたところらしい。

近くで羽織《はおり》姿の者が二人、その様子を見ていた。一人は杖を突いている。

「おお、主人の喜三郎と番頭の丑之助だな」

正紀が言った。正広は、足の骨を折った丑之助の顔を初めて見る。

こちらが近づいたことに、まず喜三郎が気がついた。丑之助に伝えて、二人で近づいてきた。

「怪我の具合はどうか」

挨拶を受けたところで、正紀が尋ねた。治り具合が気になっていた。

「お陰様で、ずいぶんとよくなりました。杖さえ突けば、一人で外へも出られます」

家に入れと勧められたが、入札の前では憚《はばか》られた。そこで立ち話となった。

「この材木は、どこのものか」

まさか浄心寺のものではあるまい。

「護国寺《ごこく》門前の音羽町《おとわ》にある商家の寮で、離れ家を建てることになっています。そのための材木でございます」

今はその支度《したく》で忙《せわ》しないと喜三郎が言った。そしてこちらが尋ねないうちに、向こうから浄心寺の話題に触れてきた。

「まだ決まってはいませんが、高浜河岸の弟に、いい木材を探しておくようにと伝えてあります」

高浜屋は、霞ヶ浦に流れ出る鯉川の河口近くにある高浜河岸に支店を持っている。その話は、すでに聞いたことがあった。

「受注が決まったら、すぐにも動き出すわけだな」

「さようでございます」

喜三郎としては、入札に自信があるらしかった。

「そういえば今日、一刻ほど前に浄心寺の塚原様がお見えになりました」

「何か、用があったのか」

寺侍が檀家を訪ねたのならば、不思議なこととはいえない。

「私の怪我の、お見舞いに来てくださったのです」

昔からの檀家だから、年に一度はお守りや供物のおすそ分けと称して、干菓子を持ってくることはあった。怪我をした数日後、たまたま通りかかったといって顔を見せた。

「たいそう驚いた様子で、案じてくださいました。それから何度か様子を見に立ち寄ってくださいます」

「なるほど」

正紀は胸の内で、「狸めっ」と罵《ののし》っている。材木を倒す仕掛けをしたのは、伊四郎に命じられた豊吉だ。伊四郎と組んで、その豊吉を斬殺したのは塚原だと踏んでいる。

様子をうかがいに来たのは明らかだった。

「たいそう、きめ細やかなお心遣いをしていただいています」

事情を知らない喜三郎と丑之助は、塚原の訪問を気遣いと受け取っているらしかった。

「訪ねて来た折は、どのような話をするのか」

「長居はなさいません。取るに足らない話でございます」

「改築や、入札にまつわる話はしないのか」

これを問いかけたのは、正広だった。

「それはいたします。とはいっても、あくまでも雑談ですが。今日は、入札はどれくらいで出すのかと聞かれました。もちろん、ご冗談のつもりでおっしゃられたのでございましょう」

金高はまだ決めていないし、誰かに話すつもりもない。笑ってごまかすと、向こうも重ねて尋ねてくるわけではなかった。

問屋仲間の誰かが問いかけてきたならば警戒するが、塚原は利害関係のない相手だと、喜三郎や丑之助は考えている。気に留めているわけではなかった。共通の知り人だから、話題にしたのである。

今後塚原はどういう動きをするのか、様子を見たいところだ。だからあえて、こちらが摑んでいる正体を伝えることはしなかった。

ここで聞いたことは、山野辺に話しておくつもりだった。

三

正紀は昨年、京と紅葉狩りへ行くと約束して、すっぽかしてしまったことがある。下り塩にまつわる切羽《せっぱ》詰まった事態が起こったからだが、それについては何も伝えぬまま屋敷を出てしまった。

京はへそを曲げ、機嫌を直すのがたいへんだった。正紀の落ち度だったから、気がついてから慌てたのである。今度はそういうことがないようにと注意をしていた。

今回、水子供養で浄心寺へ出向くことは、何よりも優先させるつもりだった。

それは過去にしくじりがあったからだけではない。打ちひしがれている京の心を、癒してやりたかった。また正紀自身も、我が子を亡くした悲しみと無念がまだ残っている。

供養を通して、生まれ出ることができなかった赤子の成仏を祈願したかった。

だがその予定の日の朝、読経の後、京は正紀に向かい合って座って頭を下げた。

「今日の浄心寺行きを、取りやめていただきたく存じます」

「気分が、すぐれぬのだな」

落胆があったが、それは顔に出さないようにした。

「申し訳ございません」

京は否定をしなかった。

「無理はいたさぬでよい。大事にいたせ。そう遠くないいつか、参ろうではないか」

と応じた。何が何でもというわけにはいかない。読経が済むと、京は早々に引き上げていった。

寺へ行って何を話すか、どう接するか、昨夜から考えていた。釈然としない気持ちで、京が去ってゆく姿を目で追っていた。


植村と青山はこの日、勧進のために本所や深川の中小の店や、直参でも微禄の御家人の屋敷を回っていた。

さすがに一両を出す家はないが、「些少ながら」と言っていくばくかを寄進する家もある。また前に訪れた折、考えておくといった家にも、再度訪ねるようにしていた。

たとえ裏通りの小店《こだな》でも、堅調な商いをしているかに見える店がある。また表通りにあっても、潰れたと言われて納得のゆきそうな店もあった。何年も手入れがなされず、廃屋《はいおく》のように見える武家屋敷もあった。屋敷と呼ぶのも気が引けるような代物である。

微禄の御家人のほとんどは、庭を畑にして野菜を拵えている。食料の足しにするのだ。傘張りや虫籠作りの内職をしている者もいた。

「寄進を願うのも、気が引けるような家がありますぞ」

「いかにも。しかしこれは気持ちだからな。暮らしはつましくても、寄進はしたいという者はいる」

「まことに。そういう浄財でなす普請ですから、不正な真似をする商人に任せてはなりませぬ」

青山の言葉を受けて、植村は言った。

二人は勧進を求めて檀家を回っているが、正紀や佐名木から、入札のことや、小佐越屋のやり口については話を聞いていた。先日、寺で問屋を集めた説明の折には、集まった問屋の主人や番頭の顔を見ていた。

「今日は、しめて一両くらいにはなりそうですね」

植村は、袱紗《ふくさ》に包んだ勧進帳を手で撫でながら口にした。遅々たる歩みだが、少しずつ金額は増えていた。

「正紀様には、無事にお役目を果たしていただかねばならぬ。我らはそのために、最善を尽くして事をなすばかりだ」

「さようでございます」

「正紀様は、井上家には血の繋がりがない方だ。それを面白くないとする者が、本家にも分家にもいる。縁戚の旗本家には、婿にふさわしい適齢の方がおいでになるからな」

「その方ならば、井上家の血を守ることができるわけですね。尾張徳川家に、井上一門がいつか呑み込まれてしまうと考えるのでしょうか」

「うむ。正紀様の婿入り話が出たときには、藩内にもそのような話があった。当家の先の国家老園田頼母様や、下妻藩の江戸家老だった園田次五郎兵衛様も、そう感じたのであろう」

二人は、配下を使って正紀に刃を向けてしまった。二人はそのために、腹を切っている。

「正棠様や建部様も、そのように考えているのでしょうか」

「まあ、そうであろう。しかも頼母様や次五郎兵衛様という一門の譜代の重臣を失っているわけだからな」

「憎しみが、いっそう増したわけですね」

「廃嫡にしたいという恨みは、強いであろう。お命を、奪いたいと考えているやもしれぬ」

青山は、深くため息を吐いた。

「ですがご譜代の家中でも、青山様はそのようには考えていないと存じますが」

これは確かだと、植村は感じている。下り塩のときも、淡口醬油のときも、青山は命懸けで正紀の力になろうとしていた。

「うむ。初めて話を聞いたときは、拙者も高岡藩は尾張徳川家に呑み込まれると危惧をした。藩を、いきなり現れた大きな力を背後に持つ者に、攫《さら》われてゆくような気がしたのは間違いないからな」

ここで青山は、少し間を開けた。話をどう続けるか、考えたのかもしれない。そして口を開いた。

「しかしな……。正紀様はまだ婿にもなっておらぬのに、二千本の杭の調達に奔走し、藩内の誰もが手をつけなかった堤普請をやりとげた」

「あれは、訴えに来た名主の跡取りと、約束をしたからで」

「それは、百姓を大事にするという話ではないか。藩や藩士を守ることにも繋がるぞ」

植村はいかにもそうだと、頷いた。青山は言葉を続けた。

「一門の中に、婿に適齢などご仁は複数おられるが、腹を据えてあそこまでできる方は一人もいない。正紀様の背後には尾張徳川家があるのは間違いなく、その威を借りようとする者は少なからずいる。当家国家老の児島《こじま》様や下妻藩江戸家老の竹内様などは、その最たるものだろう。浜松藩のご重臣の中にも、同じ考えの方はいるからな」

「そうでなければ、婿入り話は成り立たなかったでしょうね」

この理屈は、植村にもよく分かる。

「いかにも。だが拙者は、尾張徳川家の威光よりも、正紀様の藩をよくしたいというお気持ちに添いたいと考えている。それは佐名木様も同じではないか」

藩財政は、崩壊寸前だ。藩士領民は、凶作にあえいでいる。血筋がどうの、尾張徳川家がどうのと、言っていられる場面ではない。

植村も同じ思いだった。

二人は竪川から大横川《おおよこがわ》の河岸道を南に向かって、小名木川にぶつかる手前に架かる猿江《さるえ》橋の近くまで来ていた。

「はてあれは」

ここで植村が、歩みを止めた。羽織姿の商家の主人と番頭といった風情の二人が、橋を渡ってゆくのを目にしたのである。顔に見覚えがあった。

青山も、気がついたらしかった。

「あれは小佐越屋の文吾左衛門と伊四郎ではないか」

二人は脇目も振らずに橋を渡ると、そのまま小名木川の北河岸の道を東へ歩いた。

「どこへ行くか、つけてみましょうか」

植村が言うと、青山が頷いた。

文吾左衛門と伊四郎は、最初の横道を左折した。このあたりは武家地だ。

「ははあ」

と行先の見当がついた。この先には、下妻藩の下屋敷がある。立ち止まったのは、その長屋門の前だった。

門番の中間《ちゆうげん》が、六尺棒を手に立っていた。二人は開かれた潜り戸から、敷地内へ入っていった。

「あの門番は、藩主付きの中間だ」

青山は、中間の顔を見て言った。

「では、正棠様も来ているわけですね」

「そうなるな。これは、面白いぞ」

二人は口元に笑みを浮かべた。やや離れたところから、様子をうかがった。

半刻ほどして、門番が入れ替わった。軽輩らしい侍だ。青山は、この者も知っているらしかった。

「あやつは、正棠様の閥《ばつ》に与する者ではない。他に誰が来ているか、聞いてみよう。なあに、当家の下屋敷へ行く途中で通りかかったとでも言えばよかろう」

青山は近づいていった。高岡藩の下屋敷は、竪川の北で横十間川《よこじっけんがわ》の近くにある。

植村は猿江橋の袂で待つことにした。青山は、待つほどもなく姿を見せた。どこか興奮した面持ちだった。

「正棠様はもちろんだが、浜松藩の太田黒も顔を見せているぞ。それにな、浄心寺の塚原もだ」

「まことですか」

聞いて植村も、気持ちが昂《たかぶ》った。

伊四郎と塚原が、太田黒と蔵前通りの小料理屋で酒を飲んだ話は聞いたが、これに正棠や文吾左衛門までもが加わるとなると、共謀という構図がよりはっきりしてくる。

「材木の入札に関する悪巧みを練るのであろう。ここならば、正広様に気づかれることはないからな」

「早速、正紀様にお伝えしなくてはなりませんね」

植村は、頷き返した。

四

正午近くまで、佐名木は浄心寺の改築ではない他の用で、浜松藩上屋敷へ出向いていた。戻ってくると、すぐに正紀の御座所へやって来た。

いつものしかめっ面に、腹立ちが滲《にじ》んでいる。

「ふざけた話を、耳にいたしました」

まずは、そう切り出した。

「やつらは、正紀様と正広様を、普請の奉行役から外そうとしておりまする」

佐名木には、浜松藩内にも昵懇《じっこん》の者がいる。その家臣が廊下を歩いていて、密談を耳にしたらしい。やつらとは建部と正棠を指す。尊称を付けていなかった。

「邪魔になった、というわけか」

「そのように存じます。お二人の世子を奉行役に据えることで、しくじらせるつもりだった。分担金を作ることはできないと、踏んでいましたからな」

「大麦を運ぶ荷船まで転覆させた。それでも金子を調えたのには、驚いたことだろう」

「いかにも。ただこうなると、お二人は奉行役として入札にも関わりまする」

「なるほど、それは面白くないであろうな」

都合がいいように、事が運びにくくなる。

昨日深川へ出かけた青山と植村が、小佐越屋文吾左衛門と伊四郎が下妻藩下屋敷に入る姿を目撃した。そこへは正棠や太田黒、塚原らが顔を見せていたという。

「あの集まりは、小佐越屋に落札させる打ち合わせのためだったのでしょう。お二人を失脚させる話もしたのではないでしょうか」

「身勝手な者たちだな」

今に始まったことではないが、腹立たしい。

「それに、本堂が無事に改築された場合には、お二人の功績にもなりまする」

佐名木はそう断じた。

「となれば、ますますおもしろくないであろうな」

しかし奉行役から排除されては、寺の普請について口出しができなくなる。建部や正棠の企て通りに、不正が行われることになるだろう。

吉田藩松平信明からの勧進を加えれば、千四百両もの金子が動く普請だ。

苦労して調えた分担金が、やつらの私腹を肥やす道具にされてはたまらない。ご先祖の霊も浮かばれないし、勧進に加わった檀家衆の信仰心を踏み躙ることにもなる。

「何とか、手を打たなくてはなるまいな」

「いかにも」

ただ浜松藩藩主の正甫を後ろ盾にした建部と正棠が組んで責め立ててきた場合、拒否をするのは難しい。向こうは以前にも増して、腹を据えてかかってくるだろう。

では、どうするか。思案のしどころだった。

一昨日行くつもりだった水子の供養が、自分の都合で延期になった。正紀の気遣いだと分かるが、心と体がついていかなかった。

京の胸に、無念がある。

腹の子が流れてしまったことは衝撃だったが、こんなに尾を引くとは考えもしなかった。どんなにたいへんなことがあっても、自分なりに精進をして事をなしてきた。

藩財政の窮迫《きゅうはく》に気づいて、正紀と力を合わせて乗り越えることに喜びも感じ始めていた。

だから体の変調があったときも、自分が気をつけさえすればどうにかなると考えていた。正紀は厳しい状況にいるのだから、藩医と話し合って、自分で体調を整えればいい。それで乗り越えられると判断していた。

しかしそれが、できなかった。

自分さえ精進すれば、何とか出来るという自信と矜持が崩れたのである。水子供養の話が出たとき、行きたいと考えた。しかし次に向かう一歩を踏み出すことができなかった。

正紀の心遣いをありがたいと感じながらも、できなかったのである。

跡取りが欲しいという願いを、叶えてあげられなかった。それでも責める言葉は一つもなかった。だからこそ今は、何でもいいから正紀の役に立ちたいと思っていた。

体の変調は肉体の病ではなく、鬱々《うつうつ》たる心の病であると分かっている。それを越えるには、他に手立てはないという気持ちでいた。

朝の読経の折、正紀は藩の出来事や身の回りの出来事を伝えてくる。隠しだてしないその姿勢も嬉しい。聞くだけだが、その心中は伝わってきた。

「どうやら、おれと正広殿を、奉行役から外そうとする動きがあるらしい」

今朝は、その話をしていた。建部や正棠の企みを跳ね返したい。だがその妙案が浮かばないという話だった。

だから今日は、自分ならば何ができるか。ずっとそれを考えていた。

そしてようやく、一つだけできそうなことが見つかった。脳裏に、一人の姫の顔が浮かんでいる。

吉田藩松平信明のもとに嫁いだ、暉姫である。

二歳年上で、幼い頃から信明のもとへ嫁ぐ前まで、年に二、三度は会っていた。母の和と共に、浜松藩上屋敷の奥へ出向いた折にだ。

双六《すごろく》や貝合わせをして遊んだこともある。とはいっても、取り立てて親しかったわけではない。一門の姫同士として関わった。

暉はお喋りではないし、気難しい一面もある。松平家に嫁いでからは、一度も会っていなかった。再会して何を話せばいいか見当もつかないが、暉を通して信明の助力を頼んでみようと考えた。

信明が、本堂改築を進めるにあたって、打ち合わせに出ていると聞いていた。

屋敷を出るなど無理だと、侍女の紅葉は言った。案ずる気持ちはよく分かる。また長い無沙汰の中で頼みごとをするのは気が引ける。しかし正紀が寺の改築に最後まで関わりたいと願うならば、その実現のためにできることを妻としてしたい。

その願いは、揺るがなかった。

正紀が屋敷にいれば、止められたと思う。しかし留守だった。正広と会うために出かけたという。呉服《ごふく》橋御門内の吉田藩上屋敷に使者を走らせた。すると暉から、会ってもいいと返事がきた。

そこで佐名木には事情を伝えて、駕籠《かご》で屋敷を出ることにした。

「お気をつけて」

佐名木は驚きの顔を向けたが、それがいたわるような眼差しに変わって言った。

屋敷の奥の間に通されて、京は四半刻ほど待たされた。しかし暉との再会は果たされた。

「ご健勝にてお過ごしのご様子、祝着に存じます」

「いやいや、懐かしいではないか」

そう言ってくれた。迷惑だとは、思っていないようだ。しかし再会を喜んでいる気配も感じなかった。最後に会ったのは祝言前で、そのときにあった若々しさはすでになく、少し老けたかと感じた。ただそれは、落ち着きが出たとも取れる。

七万石ともなれば、所帯も大きい。正室ともなれば、人知れぬ苦労もあるのかもしれない。

庭の花についてや、思い出話を少しばかりしてから、浄心寺の本堂改築の話題になった。暉にとっても、関心のある話だった。先祖を敬う気持ちは強いから、夫信明に寄進を勧めたのである。

気持ちを奮い起こして京は頼みごとをした。心の臓が、張り裂けそうだった。

夫正紀が浄心寺の奉行役を命じられ、二百両の分担金を必死で作ったこと、また普請にまつわる、材木の納入について不穏な気配があるなど、分かっているあらましを伝えた。とはいっても、建部や正棠の名は出していない。暉が気づくのはかまわないが、自分が出してはいけないと判断していた。

名乗りを挙げた材木問屋や、寺侍塚原については触れた。そして今になって、奉行役の解任の話があることを伝えた。

「不正への疑問を残しての解任は、忍びがたいと申しております。続けるために、信明さまのご助勢を賜りたく、まかりこしました」

暉は頷くこともないまま、最後まで話を聞いた。話し終わったところで、わずかに考える風を見せた。そして口を開いた。

「なぜそなたが、それを望むのか」

「正紀は井上家の一門として、当家に骨を埋める気持ちで事に当たっております。二千本の杭を用立て、堤普請に役立てました」

京は必死だ。思いついたことを口にした。

「なるほど。しかしそれは媚たる者として、当然の働きをしたまでではないか。また奉行役を続けたいというのは正紀殿ご自身の願いであろう。そなたの願いではあるまい」

責め立てる口調ではない。しかし腑に落ちない、という思いは伝わってきた。正紀の願いならば、正紀自身が信明に頼めばよいと考えたのかもしれない。

京は背筋を伸ばした。後であぁ言えばよかった、こうすればよかったと後悔はしたくない。

「夫の願いは、私の願いでございます」

この言葉に、嘘偽りはない。暉の目を見つめながら口にした。

暉は聞いた直後、目を瞬《またた》いた。何を思ったのかは分からない。暉は、昔から気持ちを直截《ちょくせつ》に出す者ではなかった。

「そなたの気持ち、承《うけたまわ》った。信明殿には、お伝えしましょう。どうなるかは、存じませぬがな」

「かたじけのう存じます」

京が頭を下げると、暉が言った。

「そなた、子が流れたのだそうですね。身をいといなされよ」

笑顔はないが、ねぎらわれたのだと気がついた。

話をしたのは、四半刻あまりだ。それでも、ぐったりと疲れた。ただできるだけのことはしたと思えた。そういう意味では、暉を訪ねたのはよかった。

駕籠に乗って、門から出た。すると門前に、若い侍が立っていた。駕籠に向かって駆け寄ってくる。誰かと目を凝らすと、正紀だった。

どくんと、心の臓が大きな音を立てた。駕籠を止めて、京は戸を開けた。

「体は大丈夫か」

正紀は身を乗り出し、真剣な眼差しで問いかけてきた。外出から戻って留守なのを知り、身を案じてここまでやって来たのだと気がついた。おろおろしているようにさえ感じた。

その眼差しを目にして、京は一瞬、全身に鋭い痛みが駆け抜けたのを感じた。けれどもその痛みには甘美なものが混じっていて、体が震えそうになるのを堪えた。

五

佐名木から、普請の奉行役を外されるという策動があると聞いた正紀は、それを正広にも伝えなくてはならないと考えた。正広も奉行役は、最後までやり遂げたいと決意は固い。

そこで正広を霊岸島富島町《とみじま》の下り塩仲買問屋桜井屋へ呼び出すことにした。今日はここで山野辺と会って、調べの様子を聞く手はずになっていた。それで正広にも、来ないかと誘ったのである。

桜井屋は本店《ほんだな》が下総行徳にある塩問屋の大店で、富島町には江戸店がある。西国から届いた下り物の塩と淡口醬油を、ここから高岡河岸へ運ぶ。本店の元主人で今は隠居の長兵衛《ちようべえ》や江戸店を預かる萬次郎《まんじろう》は、正紀とは昵懇の間柄にある。

内密の話をするのには、適した場所といえた。

「よくお越しくだされた」

三人が揃ったところで、正紀は昨日下妻藩下屋敷で集まりがあったこと、そして建部らは、自分たち二人を奉行役から外そうと企んでいることを伝えた。

「まったく、存じませんでした」

正広は、憮然《ぶぜん》とした顔で言った。

下屋敷は、足軽や微禄の藩士を除けば、すべて正棠の息のかかった者で占められている。屋敷内には豪奢《ごうしゃ》な部屋もあり、正棠にとって使いやすい場になっていた。集まりがあったことは、正広やその腹心の水澤、八重樫に話は伝わっていなかった。知っていたのは、外出をしたことだけだ。

「実の父親でありながら、酷いことをするではないか」

正棠について、山野辺が言った。

「母上とそれがしを疎《うと》んじています。何としても、弟の正建を世子にしたいのでしょう」

無念の面持ちで、正広が応じた。

「奉行役を外されないための手立てはないか」

と額を寄せ合ったが、これという案は浮かばない。

「塚原は、昨日あの後で羽田屋や川俣屋へ近づいたぞ。入札に加わることへの礼という名目で立ち寄ったらしいが、本音がどこにあるかは知れたものではない」

山野辺は、手先に塚原の動きを見張らせている。

「探りを入れたわけだな」

正紀が言うと、正広が「いかにも、そうに違いない」と答えた。向こうは、着々と動きを進めている。

「たとえ役を外されても、おれは不正を暴いてゆく。好き勝手にはさせぬぞ」

「もちろんでござる。それがしも、その覚悟です」

正紀の言葉に、正広が呼応した。

「当たり前だ。やつらの思いどおりになど、させてなるものか」

山野辺も声を上げた。

屋敷へ戻った正紀は佐名木から、京が吉田藩の上屋敷へ暉を訪ねたことを聞かされた。奉行役を続けさせるために、信明の力を借りようという意図についても知らされた。

信明は味方ではないが、建部らに与してはいない。中立な判断をしてもらえると見越した京の判断は、適切だと思われた。

ただ今は、尋常な心身ではない。

「大丈夫なのか、体は」

まず気になるのは、そこだった。それに暉とは、縁者ではあっても、親しい間柄にあったとは聞いていない。

「正紀様の、奉行役を続けたいというお気持ちを、叶えたいとお考えになったと存じまする」

「そうか……。おれのためにか」

吉田藩の敷居は、高かったに違いない。それでも、不調な体を押して出かけたのである。駕籠に揺られるのさえ、辛かったろう。そう考えると、じっと帰りを待っている気持ちにはなれなかった。

馬を引き出して、駆けたのである。

吉田藩松平家の長屋門は閉じられている。門番所で訪れた京のことを尋ねると、まだ屋敷内にいると分かった。

大名家の世子が、妻女を迎えに来たでは屋敷内へ入れない。門前で待つしかなかった。

門扉をじっと見詰めているが、ぴくりとも動かない。復調していない体で、京は緊張に耐えられるのか。

じりじりしながら待った。

そしてようやく、門扉の向こうで閂《かんぬき》が外される気配があった。軋《きし》み音を立てて、扉が開かれた。中から、見覚えのある女駕籠が出て来た。

正紀は我を忘れて、駆け寄った。行列が通りへ出たところで、門扉が閉まった。そして京の乗る駕籠が歩みを止めた。戸が、内側から開けられた。

京は半べその顔で、こちらを見上げていた。やや強張った表情から、緊張が伝わってきた。

「体は大丈夫か」

まず知りたかった。不調な体で、気の重い訪問を済ませてきたのである。

京は返事をしようとしたらしいが、すぐには声にならなかった。ただ頷いたので、酷いことにはなっていないと解釈した。

やや間をおいてから、京はかすれた声を出した。

「暉さまは、信明さまに話してくださるとおっしゃいました」

「そうか、助かるぞ。よくやってくれた」

自分のために動いてくれたのが、ありがたかった。信明がどう動くかは予想もできないが、それは二の次だ。

「お役に立てたのならば、嬉しいです」

言葉を交わしていると、京の表情が明るくなったのを感じた。役目を果たした、安堵があるのかもしれない。わずかだが、活気を取り戻している。

「疲れはないか」

「ありません。暉さまは、やや子が流れたことを気遣ってくださいました」

「そうか。ならばよかった」

嫌な思いをしなかったのならば、何よりだ。

そして正紀は、流れた子どもの話で、水子供養ができないままになっていることを思い出した。

「どうだ。これから浄心寺へ出向いて、水子供養をいたさぬか」

無理強いをするつもりはないが、体調が許すならば行きたかった。

「はい。参りましょう」

京は、頷いた。

駕籠の戸を閉めて、一行は歩き始める。

正紀は馬には乗らず、轡《くつわ》を取って駕籠の横を歩いた。話をするわけではない。しかし二人が近くにいて、同じことをしようとしているのが喜ばしかった。

寒くも暑くもない。梅雨真っ最中の五月には珍しく、爽《さわ》やかな天候だった。

中間を走らせて、浄心寺には訪問を伝えた。京の身を案じてくれた、おりくのことも頭にあった。

山門をくぐると、すぐに庫裏からおりくが姿を現した。

「では、供養をいたしましょう」

正紀と京は、本堂の仏前に並んで座った。すでに、香が焚《た》かれていた。袈裟を身に纏《まと》った仲達が、姿を現した。住職自らが、経をあげてくれた。

読経が済んでから、二人は線香をあげ、産声を上げられないままに、この世を去った我が子の成仏を祈願した。

「やや子は、この世の不浄を見ぬままに、先祖の仲間に加わられた。親として、我が子が無事に仲間入りできるように、墓前で祈願をなされてはどうか」

仲達が言った。

先祖の墓へは、二人だけで行った。すでに花と線香の支度が済ませてあった。おりくの心遣いだった。

墓前で両手を合わせる。京は長い間、身動きもしないで祈っていた。

ようやく顔を上げたところで、正紀は話しかけた。

「子を亡くした母の辛さは、察するにあまりある。しかしこれも定めであったのならば、いたしかたない。悲しみを乗り越えるために、二人で辛さを分かち合おうではないか。そなた一人のせいではないのだからな」

聞いた京の顔が、歪《ゆが》んだ。込み上げる気持ちを堪えようとしたらしいが、できなかった。目にみるみる涙がたまった。「わっ」と幼子のように声をはなって泣きながら、正紀の体にしがみついてきた。

すぐには泣き止まない。全身を震わせる。胸の内の悲しみを、一気に吐き出すように泣いていた。

「よし、よし」

泣き止むまで、正紀は京の体を抱いてやった。

どれほどの間、そうしていたか。泣き止んだとき、京は恥ずかし気に口元に笑みを浮かべた。正紀はそれで、京の心を覆っていたわだかまりが、ようやく消えたと実感した。

墓地から庫裏へ行くと、おりくが茶の湯の用意をして待ってくれていた。

正紀が正客で、京が次客になった。亭主役を、おりくが務めたのである。湯の音を聞き、香ばしい薄茶の香をかいだ。

「本堂改築の話が広がって、近頃参拝の方が増えました」

水子の話には触れないで、おりくはそう言った。

「それは、よいことではござらぬか」

正紀が応じた。茶の微かな苦みが、口中を爽やかにしている。

「まことに。お米の作柄が良くなく、ものの値ばかりが上がるこの頃ではございますが、そんなときだからこそ、信心を深めたいとおっしゃる方がお見えになります。額はともかく、寄進もなさりたいご様子で」

浄心寺の檀家衆が、動き始めている。奉行の役割は大きい。

ついでに、塚原について尋ねた。今日は姿を見かけない。

「あの人は、このところ毎日出かけています」

寺侍は、檀家回りも役目の一つだと言った。そうかもしれないが、どこを回っているかは、知れたものではない。

六

入札の日が、近づいてきた。山野辺は毎日のように、白山丸山浄心寺へ出向いて塚原の動きを探っていた。自らが行けないときは、手先を使った。

寺の様子を見ていると、参拝の人の姿が増えているのが分かった。本堂の改築が、檀家衆の寺への関心を高めている。

「少しずつ、手応えが変わってきた。寄進も出すようになりましたぞ」

青山と寄進を集めに回っている植村が、言っていた。寺の周辺にも、檀家の住まいがある。昨日ばったり会ったとき、笑顔を向けてきた。

浄財が集まりつつあるのは、確かだろう。改築の機運が高まってきた中で塚原の動きを見ていると、どうしても胡散臭いものに感じられてくる。

塚原が、勧進をした家に礼をしに行くのは当然だ。講の者の家にもゆく。浄心寺では、講を募《つの》って、檀家でなくとも参拝する者を集めた。ここからも勧進を求めている。これは寺侍の役目だ。しかし足を向けるのは、それだけではなかった。

入札に加わろうとする材木問屋へも顔出しをしていた。高浜屋以外、檀家でも講に名を連ねる者でもない。

何かのついでにぶらりと立ち寄ったふうをして、主人や番頭に声掛けをする。

「おや、これは塚原様」

店にしてみたら、納品したい寺の者だから邪険には扱わない。笑顔で言葉を交わし合う。

何軒かの家々を回り、この日の夕暮れどきになって塚原が立ち寄ったのは、牛込揚場町の材木問屋川俣屋だった。番頭は助右衛門《すけえもん》という中年だ。見ていると、少しばかり話をしたところで、二人は連れ添って通りへ出た。

山野辺はつけて行く。

二人が入ったのは、町内の小料理屋だった。人足などが使う居酒屋よりはまし、といった程度の店である。戸は開けたままだったから、山野辺は道端から、店の中に目をやった。

塚原と番頭は、酒を酌み交わし楽し気に話している。商いの話をしているようには見えなかった。半刻ばかり過ごして、二人は立ち上がった。

見ていた山野辺は、代金を払うのは番頭の方だと思っていた。番頭の方はその気だったらしいが、塚原が譲らない。

「今それをしては、いけませんぞ」

と言っている声が聞こえた。寺侍と業者だから、けじめをつけようという話らしかった。番頭は受け入れ、割り勘にしたようだ。

表に出て、二人は別れた。塚原が立ち去ったところで、山野辺は偶然通りかかった顔をして、番頭に声をかけた。

「あの者は、浄心寺の寺侍ではないか」

腰の十手に手を触れさせながらの問いかけだ。揚場町は、荷船が神田川で運んできた荷を下ろす場所で、山野辺は時折見廻りに来る。話をしたことはないが、番頭はこちらの顔を知っているらしかった。

「寺の様子を、伺いました」

「浄心寺では、本堂の改築をすると聞いているぞ。その方は、川俣屋の者だな。袖の下でも渡したのではないか」

あえて、そういう言い方をした。

「とんでもございません。改築にまつわる材木の話はいたしましたが、塚原様は袖の下を受け取るような方ではございません。立派な方でございます」

番頭は胸を張った。あれこれ言われるようなことは、していないぞと告げたいらしい。また塚原を、悪くも言わなかった。

「入札の話をしたのではないか」

「いたしました。金子の話は出ましたが、塚原様は商売敵ではございません」

「それはそうだ」

小佐越屋の伊四郎が入札の話をすれば、警戒をする。しかし相手が塚原ならば、怪しむことはないだろう。袖の下も受け取らず、酒を飲んでも割り勘にするならば、清廉な人物と感じるに違いない。

「入札金額を問われたのではないか」

思いついて聞いてみた。

「どれくらいになるか、ということは話に出ました」

「なるほど」

昨日は、塚原は本所相生町の羽田屋へ行った。そのときは手先がつけて、番頭と塚原が、近くの居酒屋へ行ったのを目撃している。

「同じことをしているわけだな」

と、山野辺は胸の内で呟いた。

そこで浅草材木町へも足を延ばした。ここには、河越屋がある。河越屋も先日の入札の打ち合わせへ来ていた。しかし山野辺自身も手先も、この店へ塚原が足を向ける姿を目にすることはなかった。

小佐越屋へ行かないのは分かるが、塚原が河越屋の入札金額を知ろうとしていないのは不思議だった。

河越屋の主人が店にいたので問いかけた。

「ええ、浄心寺の寺侍の方が見えたことはありません。そもそもうちは、入札には加わらないことにいたしました」

という言葉が返ってきた。用のないところへは行かない。

「そういうことか」

得心がいった。


浄心寺本堂改築の入札がある前々日、高浜屋では、大店商家が持つ音羽の寮まで材木を運ぶことになっていた。離れ家を建てるための材木である。

寺の本堂改築とは比べ物にならない材木の量だが、大事な仕事だ。適正な品を、期日通りに納めなくては信用を失う。正紀はこの話を、前から耳にしていた。

夜も更けた頃になって、山野辺が上屋敷へやって来た。塚原の動きについて報告を受けた正紀は、気になっていることを口にした。

「何か、してくるだろうな」

話を聞き終えた山野辺は即答した。

「ならば捨て置けぬ」

材木を傷つけられたり、たとえ一本でも奪われたりすれば、高浜屋の落ち度となる。建部や正棠はそこを突いて、納入業者から外す画策をするだろう。

小佐越屋は論外だが、他の店ならば、適正な入札が行われる限り、どこの店でもいいと正紀は考えている。取り立ててどこを、という気持ちはない。

ただ高浜屋が、小佐越屋を脅かす存在であることは確かだ。檀家であり、採算を度外視した値を提示したいと口にしていた。その気持ちを小佐越屋は摑んでいるはずだから、そのままにはしないはずだ。

「当家の家臣を、人足の身なりにして運ぶ者の中に交ぜよう」

「そうか。おれも、離れたところから、ついていこう」

青山と植村を呼んで策を伝えた。

「襲ってきた者を捕えて、指図した者を吐かせましょう。きっと伊四郎あたりの名が、出てきますぞ」

植村が言った。襲撃があれば、かえって好都合だといわんばかりの口ぶりだった。

一行には、下妻藩の水澤も加えることにした。

搬送当日、音羽へ運ばれる材木は、高浜屋の店の前にある船着き場から荷船に載せられた。丸太ではなく、材木職人がすでに角材や板材にした品だから、ことさら慎重に扱う。

荷船には、人足姿に身をやつした青山と植村、水澤が主人の喜三郎と共に乗り込んだ。

「恐れ入ります。大助かりでございます」

話を持ってゆくと、喜三郎は安堵の表情をした。倒された材木のこともあるから、虞を抱いていたのである。

荷船はいったん大川に出てから、神田川に入る。正紀と山野辺は別の舟に乗って、離れたところからこれに続いた。

西へ進んで揚場町の手前で、江戸川へ入る。江戸川橋に近い船着き場で材木を降ろして、待機させていた二台の荷車に載せた。

ここまでは何もなかった。問題はこの先だ。

江戸川橋の袂に立って北に目をやると、広い通りがまっすぐに伸びている。正面の小高い丘の上に建つのが、護国寺の山門だった。鮮やかな色の躑躅《つつじ》が咲いているのが、離れたところからでも、はっきりと見えた。

先頭を喜三郎が行き、一台目の荷車を人足が引いた。その両脇に青山と水澤がついて、押してゆく。植村も二台目の脇についた。刀や突棒は、藁筵《わらむしろ》に包んで荷の脇に置いてある。

　正紀と山野辺は少し間を開けて、二台目の荷車の後ろをついていった。

　護国寺門前の大通りは、同じような道幅でも、日本橋や京橋界隈とは通り過ぎる人や荷車の数が違う。どこかのんびりしていた。

　車軸の軋み音を立てながら、荷車は北へ向かう。二台は間を開けないように注意した。

　大通りの途中で左に曲がる。少し進むと、上りの急坂になった。荷車は、引くのも押すのもたいへんだ。周囲に人の姿もなくなっている。植村は怪力を発揮しているが、正紀と山野辺は、あたりに目をやっている。隠居所や寮といった気配の家もあるが、雑木におおわれた空き地もあった。

　そして案の定、十人ほどの無宿人とおぼしい粗末な身なりの男たちが、手に手に棍《こん》棒《ぼう》や天秤棒《てんびんぼう》のようなものを持って現れた。

「かかれっ」

　一人が叫ぶと、一斉に襲い掛かってきた。因縁を吹っかけてくるのでもない。いきなりの襲撃だった。

　青山と水澤は、刀を取り出して抜いた。植村は用意していた突棒を手にした。他の人足たちは、荷車が坂を戻らないように押さえている。

「このやろう」

男たちは、立ち塞がる青山と水澤に襲い掛かった。二人が刀を手にしても、人足だと嘗めているのか怖れていない。振り上げた棍棒で、まず青山の脳天を打とうとした。

だが次の瞬間。男は悲鳴を上げた。

青山は男の腹を、刀を峰にして打ちつけていた。地べたに転がる姿に目もやらず、横にいて打ち込んで来ようとしていた別の男の二の腕を叩いた。

「うえっ」

骨が折れた音がした。この間に水澤は、躍りかかってきた者の肘を砕いている。青山にしろ水澤にしろ、相手を斬り捨てるつもりはない。しかし容赦はしなかった。

「引き揚げろ」

勝ち目がないと気がついたのだろう。声があがると、男たちはいっせいに駆け出した。植村などは、まだ誰とも打ち合いをしていなかった。

襲ってきた男のうち三人が、地べたに転がってうめき声をあげている。正紀と山野辺は、男たちに駆け寄った。

「その方らを雇ったのは、何者だ。言えば手当てをしてやるぞ」

山野辺が、叱りつけるような口調で言った。しょせん銭で雇われた烏合《うごう》の衆である。

ひと脅しすれば白状をすると見込んでいる。

「な、名なんて、知らねえ。八つ小路を歩いていたときに、地廻りみてえなやつに、た、頼まれたんだ」

材木を奪うなり、傷つけるなりしてこい。そう告げられたらしい。それだけで百文もらえるという話だから、無宿人たちは喜んで一団に加わった。

他の二人も、その地廻りのようなやつの顔を見ていた。しかしどこの誰なのかは分からなかった。指図をしたのは、その男だけだったという。

「おれたちが、あ、あそこに潜んでいたところまでは一緒だったんだ。でも、気がついたら、いなくなっていた」

ひと足先に逃げ出したらしい。

「伊四郎あたりが、その地廻りふうを使って、無宿人を動かしたわけだな」

正紀は言った。これでは、襲撃と小佐越屋は繋がらない。

「いやいや、まことにありがとうございました」

喜三郎が傍に寄って来て頭を下げた。危ないところを救われて、正紀や山野辺に対する信頼を深めた様子だった。

七

明日が入札だという日の朝、正紀と山野辺は高浜屋を訪ねた。喜三郎と丑之助に、相談を持ち掛けたのである。

入札に参加するのは当初六軒だったが、河越屋が手を引いて五軒になる模様である。正紀と山野辺で考えたところ、その中で一番安値をつけそうなのが高浜屋だ。

檀家として寺に思い入れがあり、損得を度外視している部分がある。とはいっても、極端な安値にもできない。材木の質を落としたくないからだ。喜三郎がそれを望まないのは分かっていた。

問題は、そのぎりぎりのところの値段をどう決めるか、という点だった。高浜屋の入札価格を、小佐越屋は知りたがっている。

だからこそ塚原を使って、丑之助の見舞いをさせた。親切ごかしに近づき、入札価格を探り出そうという魂胆だ。

「ならば裏をかいてやろうではないか」

正紀は、提案した。

間違いなく塚原は、今日も丑之助の見舞いにやって来る。当然、入札価格についての探りを入れてくるはずだった。

「丑之助に、高めの額を言わせるわけだな」

山野辺は、察しがいい。

高浜屋へ出向いた正紀と山野辺は、奥の部屋で喜三郎と丑之助に、正紀たちの考えを伝えた。

塚原が小佐越屋と繋がっているという話をすると、二人は驚きを示した。しかし喜三郎も丑之助も、正紀や山野辺の言葉を信じた。

「かしこまりました。問われたときには、五十両以上高い値を申しましょう」

丑之助が言った。


入札の日となった。入札は本堂で行われるが、その前に浄心寺改築に携わる主だった者たちだけが、庫裏の奥の部屋に集まった。

建部と正棠、正紀と佐名木、正広と竹内、それに松平信明と住職の仲達が加わった。書役として太田黒が、文机に向かっている。他には部屋の隅に塚原が座っているが、ここでは求められたときにしか発言できない。

まず口を開いたのは、建部だ。

「今般、本堂の改築に当たって、三藩及び檀家、さらに吉田藩松平家よりご寄進いただいた金子の合計は、千四百両を超える額になり申した。一同のご尽力に、まずは御礼を申し上げる」

神妙な口ぶりだった。これは正甫の名代として口にしている言葉だから、すべての者は深く頭を下げた。

「そしてこれは、拙者からの提案でござる」

建部は、こほんと小さな咳《せき》を一つしてから言葉を続けた。

「今般の寄進や勧進について、若い二人の奉行役は、充分な働きをいたした。これは正甫様におかれても、ご満足のご様子であらせられた」

十歳の正甫は、目鼻立ちの整った賢そうな面立ちをしている。しかし寺の改築にまつわる金子について、詳細を判断できるかどうかは不明だ。建部は他に思惑があって、正甫の名を口にしているのは明らかだった。

ここで一同を見回してから、再び口を開いた。

「金子の調達は、大仕事でござった。なしとげた奉行役の技量も、よく伝わり申した。そこで、でござる。下妻藩にも高岡藩にも、ご世子様が関わらねばならない、新田の開発など重要な案件があると存ずる。そこでひとまず、負担の大きい普請の奉行役を降りていただき、そちらに専念していただければと存ずる。いかがでござろうか」

やはりきた、と正紀は思った。佐名木が聞いてきた話は、正しかった。そうはさせぬぞ、と思っていると、正棠が口を開いた。

「それはありがたいお言葉。当家の新田開発には、世子の力は欠かせぬものでござる。ぜひとも受け入れさせていただきたい」

下妻藩主として、発言していた。そして江戸家老の竹内の意見を求めた。向ける眼差しは厳しく、「逆らうなよ」と告げていた。

「ま、まことに。殿の仰せの通りでございまする」

竹内は、正棠の操り人形だった。下妻藩は建部の提案を受け入れた形になる。正広は何か言おうとしたが、すぐには言葉が出ないようだ。

「お待ちくだされ」

正紀が、声を張り上げた。このまま黙って受け入れる気持ちはない。

「それがしも正広殿も、ご先祖様を敬い、正定公のご遺徳を偲ぶ気持ちは、まことに大きく深いものでございまする。また勧進を願うお役目の中で、檀家衆の当寺に対する深い思いも伝わってまいりましてございます。井上一門が手掛ける普請として、我らはその分家の者として、関わることが使命と存じまする。ご先祖様も、正定公も、それを望んでくださるものと確信をしております」

正定公の遺徳については、正紀には理解しきれていないところがある。しかし続けたいという気持ちに偽りはなかった。

ここで正広も、言葉を発した。

「それがしも、続けさせていただきたく存じまする。正定公には、一方《ひとかた》ならぬお心遣いを賜りました。最後まで力を尽くしたく、存じまする」

正広の言葉には、真実がこもっていた。正棠が、苦々しい表情になった。

長子である正広を世子にするべしと勧めたのは、生前の正定だった。正紀はこのことを、後になって知る。

「その方らは、建部殿の気遣いが分からぬか。動きやすい身にしてやろうとしておるのだ。奉行役を辞めても、普請にはいくらでも関われるではないか」

正棠が言った。だがこれは口先だけのことだ。奉行役を外れれば、一切打ち合わせの場には出られなくなる。決まったことを、伝えられるだけだ。

建部と正棠は、やりたいように事を進めるだろう。

「お二人の篤いお心、拝聴仕《つかまつ》った。ならば正棠様の仰せの通り、奉行役を外れたところでご尽力いただきましょう。お心さえあれば、どのような場であっても、お働きはできると存ずる。この役になければできぬというのでは、まことの心とはいえますまい」

決めつけるように、建部が言った。何としても建部と正棠は、正紀と正広を奉行役から外す腹らしかった。

「それでよろしかろう」

正棠が、止めを刺すように告げた。

「いや、ちとお待ちいただきたい」

ここで声を発したのは、それまで無言だった佐名木である。何事かと、一同が顔を向けた。

「正紀様、正広様におかれましては、しくじりがあったわけではございませぬ。お二人がお望みになられるならば、奉行役に残っていただくのに不都合はないと存じまする。正棠様や建部様におかれては、それを不都合とする理由《わけ》がありますのでしょうか。おありならば、お伺いいたしたく存じ上げまする」

分家の江戸家老であっても、怯んではいなかった。もともと発言することは、許された立場だった。

「…………」

建部と正業は、一瞬怒りの眼差しを佐名木に向けた。しかし、どちらもすぐに、その気配を消した。すると、無言だった信明が口を開いた。

「残っていただくことにいたしましょう」

迷いのない、口調だった。

これまでのやり取りを、どう受け取っていたかは分からない。正紀と正広に助勢する発言だ。京が暉に願い事をした。それが利いたのかもしれないと、正紀は考えた。

「分かり申した。ならば残っていただくことといたしましょう」

建部は折れた。正業は口をへの字に曲げたまま、何も言わなかった。話し合いは終わった。

この場の者たちが本堂へ移ると、すでに宮大工の宇左衛門と五人の材木問屋の主人や番頭が顔をそろえていた。聞いていた通り、河越屋の姿はなかった。

小佐越屋文吾左衛門を始め、一同が神妙な顔つきで腰を下ろしている。

それぞれが、封をした書状を手にしていた。中には、各問屋の入札額が記された紙片が入っているはずだった。

正紀はまず高浜屋喜三郎に目をやり、それから伊四郎を見つめた。そして塚原にも目を向けた。

昨夜塚原は、予想通り高浜屋へ丑之助の見舞いに現れたそうな。そしてそれとなく入札の話が塚原の口から出された。本来の入札額より五十両高くした金高を伝えたと、昨夜のうちに丑之助は、山野辺のもとに知らせを出した。

ここでのやり取りを、山野辺はどこかで見ているはずだった。

「では、お持ちいただいた書状を、頂戴いたしましょう」

仲達の挨拶が済んだところで、塚原がそう告げた。塚原は横広の四角い盆を手にして、問屋たちの座る場を回った。

主人や番頭らは、盆に書状を載せた。

一同は緊張をしている。読み上げるのは塚原で、両脇にいて確認するのが、奉行役の正紀と正広だった。

塚原がまず一つを取り上げ、開いた。

「羽田屋殿、七百二十両」

問屋たちは表情を変えない。想定内の金額だと受け取った様子だった。書状の中身を、正紀と正広が検めた。言葉通りの数字が記されていた。

もちろん記されているのは、金額だけではなかった。使用される各部位の、材木の樹種や太さなども詳細に記されている。ただどの問屋も、伝えられている基準を超えているわけだから、ここでは読み上げられない。

「川俣屋殿、七百十両」

この声で、羽田屋忠兵衛は肩を落とした。

「増岡屋殿、六百八十両」

塚原の言葉の直後に、川俣屋平助はため息をついている。

そしていよいよ、小佐越屋が持参した書状が開かれる番になった。本堂に居合わせるすべての者の目が、塚原の手元に向けられた。

「小佐越屋殿、六百二十両」

「おおっ」

その数字には、問屋たちだけでなく、仲達や宇左衛門も声を上げた。喜三郎も声こそ上げないが、驚きの顔を文吾左衛門に向けた。最安値だった増岡屋よりもさらに六十両安い。

文吾左衛門と伊四郎は、表情を崩さなかった。自信のある顔つきだった。

昨夜丑之助は、訪ねて来た塚原に金額を伝えた。その額よりも五十両以上安値になっていたら、小佐越屋が受注をすることになる。

正紀は腋《わき》の下に、冷たい汗が流れたのが分かった。

塚原は最後の一通を手に取り、開いた。中の紙片を広げた。その目に、一瞬の驚きが駆け抜けた。

「高浜屋殿、六百二十両」

問屋たちにどよめきが起こっている。建部や正棠、佐名木や竹内らまで、小さな声を漏らした。

「小佐越屋殿と高浜屋殿が、同額でございまする」

塚原が声を上げた。これでは、どちらかに決定するわけにはいかない。

すると文吾左衛門が、すかさず片膝を前に出して口を開いた。

「我が店では、檜材の割合を増やしまする」

これでどうだ、という顔だった。

「うむ。よくぞ申した」

建部が文吾左衛門の言葉を受けた。そして高浜屋喜三郎へ顔を向けた。

「その方の店では、何ができるのか」

「これが精いっぱいの、値でございまする」

喜三郎は言った。おそらくこれ以上引けない、ぎりぎりの数字を記してきたものと思われた。

「ならば檜材の多い、小佐越屋でよかろう」

当然のように正棠が声を出した。

正紀はここで、二つの紙片を宮大工の宇左衛門に手渡した。

「材木の中身を比べていただきたい」

正紀は前に宇左衛門から、檜は良材ではあるが、品によっては他の樹種に劣ることがあるという話を聞いていた。それを思い出したのである。

二枚の紙片を受け取った宇左衛門は、記された文字を目で追った。すべてを読み終えたところで、喜三郎に問いかけた。

「ここに書かれている欅材は、無節ですかい」

「もちろんです」

喜三郎は、胸を張って答えた。

「ならば、節のある檜よりも上だ。小佐越屋では、増やす檜をすべて無節で揃えられるかね」

文吾左衛門に尋ねた。文吾左衛門は、返答ができなかった。これで流れが変わった。

ここで、信明が声を発した。

「高浜屋は、浄心寺の檀家でござる。同じ値で、宮大工がそう申すならば、考える余地はあるまい」

「では材木の納入は、高浜屋とすることにいたす。異議がある者はあるか」

正紀は奉行役として、集まっている問屋たちに告げた。しかし本当に伝えたい相手は、問屋たちではなかった。建部と正棠である。

「あい分かった」

ここで声を発したのは、建部だった。認めないわけにはいかない状況になっている。しかしこのままでは終わらせぬぞという気迫が、双眸《そうぼう》に現れ出ていた。

「万が一、高浜屋に不都合や不祥事があった場合には、二番手の小佐越屋に請け負わせることとする。それを忘れてはならぬ」

無事には納品をさせぬぞと、告げられたようなものだった。

正紀はその言葉を聞いて、驚いたわけではなかった。相手は、ただ指を銜《くわ》えて見ているような輩《やから》ではない。

それでも高浜屋の受注が決まった。まずはよしとしなければと、正紀は考えたのである。京に伝えれば、さぞかし喜ぶだろうと思った。

第三章　古材の筏

一

　浄心寺改築のための、材木納入の業者が決まると、入札から漏れた問屋の主人たちはそそくさと本堂から引き揚げて行った。正棠や信明も、いつの間にかいなくなっている。

　庫裏の廊下の端で正紀は、喜三郎に川俣屋平助が声掛けをしているのを目にした。

「百両の違いには、畏れ入りました。これでは、どうにもなりません」

「いえいえ、檀那寺だからできることでございます」

「そうでしょうな。ただ、あのご仁には、お気をつけになるがよろしいですぞ」

　平助が目をやった先には、玄関から外へ出て行く文吾左衛門と伊四郎の後ろ姿があった。

「さて、次にあやつらは、何をしかけてくるかですな」

その様子を見ていた佐名木が、正紀の耳元で囁《ささや》いた。

「いかにも」

集まりで、建部が最後に述べた言葉は、耳に残っている。佐名木が口にした「あやつら」の中には、小佐越屋だけでなく建部や正棠も含まれている。

その手先をしているのが、塚原だ。この動きも、見過ごしにはできない。

用のなくなった問屋が引き揚げたところで、喜三郎と宇左衛門、仲達、塚原、それに三藩の江戸家老、奉行役の正紀と正広といった、実務を担う者が集まった。発言はないが、太田黒もいる。材木の納品を具体的にどのように行うのか、打ち合わせをしなくてはならない。

「では材木の調達と納品を、どのようになさるか。お話をいただきましょう」

寺侍の塚原が、進行役を務める。ここで話されることは、不在の正棠や小佐越屋にも伝わる。聞かせたくはないが、建部にしろ塚原にしろ、出て行けとは言えない。

喜三郎は、塚原に促されて口を開いた。

「こうなることも踏まえて、下地材や天井材に使う杉や、梁の一部になる檜や欅は、すでに三分の一ほど江戸に置いてございます。しかし大梁や向拝柱などの中心材となるものは、このご普請のためだけのものですから、今からの仕入れとなります」

霞ヶ浦の北の端には、鯉川という川が流れ込んでいる。その河口に近いあたりに高浜河岸があって、高浜屋はそこに支店を持っていた。支店を差配しているのが、喜三郎の実弟で喜兵衛という者である。

筑波《つくば》山麓で伐採された材木は、筏にして鯉川を下してくる。高浜屋の支店は、その材木の販売を請け負う地廻り問屋の役割を果たしていた。江戸の兄の店にも材木を運ぶが、霞ヶ浦周辺でも販売した。

「すでに弟には、事情を伝えてございます。樹種や長さ太さの指図もしました。ですので、受注が決まればすぐにも動き出すことができます」

「なるほど、そりゃあ手際がいい。助かりますぜ」

宇左衛門が言った。品質を維持し規格を守るのは当然だが、納期の遅れもあってはならない。

「弟の目利きに間違いはありませんが、中心材については私の目で確かめ、揃えたいと考えております。そこで霞ヶ浦から鯉川に出て、材木を選んでまいりたいと考えます」

「そりゃあいい。ぜひ、そうしてもらいましょう」

宇左衛門が口にすると、仲達や建部なども頷いた。

「これは寺のための鯉川行きだからな、塚原にも同道させてはどうか。道中、何があるか分からぬしな」

という建部の発言を耳にして、正紀はどきりとした。塚原を同道などさせたら、それこそ何が起こるか、知れたものではない。霞ヶ浦へ発《た》った喜三郎の行方が不明となったら捜しようがない。

「そうでございますな。それがよろしい」

事情を知らない仲達が、相槌《あいづち》を打った。当の喜三郎は、目を白黒させている。豊吉を殺した罪人は、塚原ではないかと山野辺は考えている。それを伝えてあるからだ。

「いや、お待ちくだされ」

正紀が声を挟んだ。たとえ旅慣れているとしても、喜三郎だけで出すわけにはいかない。

「それがしも、同道いたしたい。これは、普請の要になる輸送でござるからな」

「いかにも。拙者も、奉行役として参ろうと存ずる」

すぐに正広も反応した。同じことを考えたのだろう。

案じられるのは、喜三郎の身の上だけではない。普請に使われる三分の二の材木が高浜河岸から運ばれる。そこには柱や梁になる、中心材が含まれている。消失したり傷物にされたりしては、たまらない。

建部は、ここで皮肉な笑みを口元に浮かべた。

「まことに結構な、お志でござる。ぜひともそうしていただきたいが、大名家の世子が勝手に江戸を出ることはできますまい。井上家の菩提寺が理由では、お上は許しませぬぞ」

「………………」

建部の言うことは、間違いなかった。大名家の正室や世子は、気ままに江戸からは出られない。仮にそれをお上に知られたならば、当人が処罰を受けるだけでは済まない。藩も咎《とが》めを受ける。

一石でも減封になれば、高岡藩井上家も下妻藩井上家も、大名ではいられなくなる。

正紀は唇を嚙んだ。

発言は、勇み足だと気がついた。

ここで建部は、大きく頷いて見せた。機嫌のよい顔つきになっている。

「しかしながら、お案じになる気持ちはよく分かり申す。一度江戸を出てしまえば、何が起こるか知れたものではござらぬからな。そこで当家から、太田黒をつけるといたす。この者ならば、剣の腕も確かでござる」

とんでもない成り行きになった。ますます何をされるか、知れたものではない。

事情が分かるからか、正広は青ざめた顔になった。

ただこのままにはできない。一度言い出した以上、建部は引かない。またやめさせる理由もない。向こうの悪巧みについては、確かな証があるわけではなかった。

「ならば、当家からも青山をつけさせていただく。正広殿のところからも、出していただきたいがいかがか」

「もちろんでござる。当家からは、水澤を伴わせまする」

正広も、慌てて応じた。どこまでやれるか分からないが、青山も水澤も、それなりに腕は立ち、機転の利く者たちだった。

「では、そうしていただきまする」

喜三郎が言った。青山と水澤が同道することで、幾分ほっとしたのかもしれない。

出立《しゅったつ》は、五日後となった。

ただ正紀は不安を拭いされない。本家の家臣である太田黒は、家格や禄高でも青山や水澤より上だった。共に動くとなると、指図を受けなくてはならなかった。

「何とか、おれも行くことができないか」

正紀は思案する。

二

高岡藩上屋敷へ戻った正紀は、浄心寺での出来事を、京に詳細に伝えた。受注がどこになるか、気になっていたようだ。

正紀と正広を奉行役から降ろそうとする建部らの悪巧みは、信明のひと言で潰えた。

正紀は改めて、暉姫を通じて信明の助勢を頼んだ京に礼を述べた。

水子の供養を共にしたときから、京の様子は明らかに変わった。顔色もよくなったし、何よりも正紀の顔を見て、はっきりとものを言うようになった。これは回復の兆しといっていい。

「安堵いたしましたぞ」

読経の後で、和が正紀の耳元で言った。もちろん正紀もほっとしている。

正紀が京に伝えた知らせは、手放しで喜べるものではなかった。太田黒と塚原が喜三郎に同道するのは、狼《おおかみ》と旅をするようなものだ。

「高浜屋は、何事もなく材木を運ぶことはできないでしょうね」

京はあっさりと口にした。

「おれと正広殿が同道できれば、何よりなのだが」

正紀はぼやき声になった。寺から戻ってくる間もずっと考えていたが、妙案など浮かばない。

京も、考える仕草《しぐさ》を見せた。

「尾張藩に頼んでも、無理であろうな」

「あたりまえです」

とやられた。

幕政における、大名統制の根幹にかかわる問題だから、尾張藩がどうこうできるわけがない。もちろんそれは正紀も分かっているから、悩んでいる。

せめて二、三日ならばごまかせる気がするが、今回はそんな短期日で済ませられる用事ではなかった。そもそも江戸を出ていることを知られたら、幕府に告げられなくても廃嫡の口実にされるだろう。

青山や水澤の他に人を増やしたいが、それをすれば、建部の方も増やしてくるに違いない。

ここで京が、「ああ」と目を輝かせた。

「正紀さまは、東国三社《とうごくさんしゃ》のお参りをなさいませ」

「何だと」

いきなり何を言い出すのかと面食らった。

東国三社とは、鹿島《かしま》神宮及び香取《かとり》神宮、息栖《いきす》神社の三社を指す。利根川下流域に鎮座する、東国随一の古社《こしゃ》だ。特に鹿島神宮と香取神宮は、創建時から神宮を称することを許されている。他に神宮を称しているのは伊勢《いせ》神宮しかなかった。

「下三宮参り」と称して、関東以北の者が伊勢神宮参拝後に、これら三社を巡拝する例が多かった。もちろん江戸を始めとする関八州《かんはっしゅう》の者たちからも信仰を集めた。下り塩問屋桜井屋の長兵衛夫婦と知り合ったのは、二人がこの三社のお参りをした帰路のことである。

大和朝廷の頃には、蝦夷《えみし》成敗の平定神として、そして後には軍神として源《みなもとの》頼朝《よりとも》などから崇《あが》められた。徳川宗家や水戸徳川家からは、社殿などの寄進を受けると共に崇敬を受けた。

武道の聖地でもあるので、正紀も一度は巡りたいと思っていた。しかしなぜ今、そのお参りをするのかについては、得心が行かなかった。

京の言葉に驚かされることは多いが、これはその最たるものだった。

「東国三社のお参りをなさるということでお許しを願い、江戸を出るのです」

「そんなことが、できるのか」

ありえない話だと、京の顔を見た。

「鹿島神宮や香取神宮は軍神です。武門徳川家の臣《おみ》として武芸に身を託し、軍神を崇める者が参拝を願うのに何の不都合がありましょうや」

「なるほど」

聞いて気持ちが動いた。

「将軍家のお許しさえ得られれば、霞ヶ浦までは大手を振って行くことができます。建部さまらも、止めることはできないでしょう」

ただ高岡河岸の前を通っても、お国入りはできませんと付け足した。それは、かまわない。

「闇雲《やみくも》に江戸を出してくれというのでは話にならぬが、それならば大義名分がある。お許しが出そうだな。さっそく、願い出るとしよう」

正紀には思いもつかない奇手といっていい。すぐに動こうとすると、京にひきとめられた。

「願いを出すにあたっては、尾張徳川家を通した方が、話が早いのではないでしょうか」

一万石の小大名が願いを出したのでは、すぐには取り上げられない。仮に許しが出ても、一月も先では意味がない。

京は自分よりしたたかだ、と正紀は感心した。

そして向かったのが、赤坂《あかさか》にある今尾藩の上屋敷だった。兄の睦群を訪ねたのである。

尾張徳川家の付家老を務める兄は、残念ながらまだ市ヶ谷の尾張藩上屋敷から戻っていなかった。後日訪ねるなどという悠長なまねはしていられないので、帰るまで待つことにした。

結局正紀は、一刻半（三時間）ほど待った。さすがに、外は薄暗くなった。

「その方、また面倒な話を持ってきたな」

用件を聞き終えた兄は、苦々しい顔で言った。

浄心寺改築にまつわる事情を伝え、建部や正棠の企みについても触れた。材木を守る手立てとして、正広と共に東国三社参りをする許しを得るための助力をしてほしいと頼んだのである。

「何とぞ、お願いいたします」

太田黒らは、必ず事を起こす。こちらから警護に入る者が守り切れなければ、高浜屋は納入業者から外され、正棠らの息がかかった小佐越屋が代わることを強調した。

「では下三宮参りは、いたさぬわけだな」

険しい表情を崩さぬまま、睦群は返してきた。

「霞ヶ浦の入り口までは、喜三郎らと共に参ります。帰りも、同じ場から同道できまする」

正紀は伝えた。しかし本心では、供の者に代参をさせてもいいと考えていた。密かに高浜河岸まで行って、太田黒や塚原を見張るのである。しかしそれを兄には伝えない。

「そもそもその方は、大麦や銭の相場で分担の金を拵えたと聞いた。まるで商人のようではないか。いかなる存念か」

正棠のようなことを言い出した。武士らしくないという説教だ。

この話は、大名家の一部には広がっている。賛否があるのは分かっていた。しかし不正な真似をしたわけではないし、他に手立てがなかったことも伝えた。

どこまで理解したか分からないが、少しだけ兄の機嫌が直った。話を聞いて、胸のつかえが下りたのかもしれない。

「いかがでしょうか、東国三社のお参りについては」

そこで早速、蒸し返した。

「仕方がない。口利きをいたそう」

「あ、ありがたい」

さらに礼を述べようとすると、首を横に振られた。

「何であれ、井上一門の世子二名が一緒では許されぬ。その方一人だけを、頼むといたそう」

と告げられた。謀反《むほん》とは考えないが、東国三社参りは遊行の旅ではない。大名家の世子は、幕府にとっては人質だ。兄の言う意味は理解できた。

とはいっても、すぐに許しが下りるわけではない。

「しばし待て」

と言われた。

三

山野辺は、浄心寺本堂の廊下から、入札の模様を目にしていた。一時はどうなるかと気を揉んだが、高浜屋に決まって、少しばかり溜飲が下がった。しかし小佐越屋が、このまま引き下がるとは考えていなかった。

山門脇で、山野辺は引き揚げて行く川俣屋の主人の後ろ姿を目にした。主人とは、昨夜店を訪ねて話をした。塚原が来ていないか、確認したのである。

「ええ。お見えになって、入札額について話をいたしました」

塚原が訪れ、入札額の話をしたのは川俣屋だけではなかった。

そして山野辺は、文吾左衛門や伊四郎が寺を去ってゆく後ろ姿も見送った。この二人の表情は、他の店の主人らとは雰囲気が微妙に違った。

川俣屋らは、入札できなかったことを残念に思ったにしても、どこかさばさばしたところがあった。浄心寺の普請からは、すでに心が離れている。しかし小佐越屋の二人は、違う気がした。僅差で逃したということもあるが、取り返す手立てが残っている。

「次にやつらは、何を企むか」

山野辺は庫裏に戻って、正紀から喜三郎が高浜河岸へ出向くという話を聞いた。これには塚原も同道するという。この知らせは、すぐに小佐越屋へ伝えられるはずだが、それをする役はほかでもない塚原だと踏んでいた。

話を聞いた小佐越屋が、どういう動きをするか。そこは摑んでおかなくてはならないと腹を決めていた。

だから浄心寺から正紀らが立ち去っても、山野辺はまだ寺の傍から離れなかった。塚原が出てくるのを、待つことにしたのである。

案の定、夕暮れどきになって、塚原は山門から通りへ出て来た。本郷《ほんごう》通り方面に向かって歩いてゆく。山野辺は、これをつけた。手先を一人連れている。酒を飲ませる店に入った場合には、潜り込ませるつもりでいた。

塚原が行ったのは、蔵前通りの松露《しょうろ》という小料理屋だった。ここは伊四郎に加えて、浜松藩の太田黒が姿を現すときに使う店だ。しばらく様子を見ていると、伊四郎が現れた。そして太田黒も姿を見せた。

予想したとおりである。手先を潜ませようとしたが、店内に三人の姿がうかがえなかった。

出て来た客に尋ねると、二階の部屋を使っていると知れた。

「周到だな」

話の中身を聞くことは、できなかったのである。

ともあれ、出てくるのを待った。蔵前通りは、暗くなっても酒食をさせる店が少なくない。人通りはそれなりにあった。

半刻ほどして、三人が店から出て来た。酔うほどには、飲んでいない。庫裏での話し合いの模様を伝え、今後の対策を話し合ったものと推量した。

浅草御門の前で、三人は別れた。

伊四郎と太田黒が浅草橋を南に渡る。山野辺らは二人をつけた。そして両国広小路へ行く前に、伊四郎は太田黒と別れた。

迷わず山野辺らは、伊四郎をつけた。

伊四郎は両国橋を東へ渡り、そのまま大川に沿った道を長い間、南に歩いた。賑やかな馬場通りに出て、行った先は永代《えいたい》寺門前町だった。

このあたりには、酒食をさせる店だけでなく、女郎屋や子供屋のある一角もあった。客を呼ぶ女の嬌声《きょうせい》も聞こえて、道は昼間のように明るい。人通りも多かった。

破落戸や不逞《ふてい》浪人、無宿人といった外見の者たちが、そこここにたむろしている。

伊四郎は客引きをする女には目もくれず、怪しげな男たちに目を向けた。値踏みをしているようにも感じる。その姿だけ見ていると、商家の番頭というよりも、博奕場《ばくち》の代貸しといった印象だった。

ときおり立ち止まって、怪しげな男に話しかける。三人目まではすぐに別れたが、四人目は、機敏そうな物腰の若い衆で、眼光の鋭い男だった。地廻りの子分ではなく、江戸暮らしで荒んだ無宿人といった風情だった。しばらく話をしてから、男は伊四郎に従って歩いた。

次は四人の浪人者がたむろする場へ行って声をかけた。ちょっとの間、話していたが、何事か合意したらしく、浪人者は伊四郎の後に従った。伊四郎は破落戸と四人の浪人者を連れて、表通りの煮売り酒屋へ行った。

一升の酒と煮しめを買い、彼らに振舞った。伊之助と最初の破落戸は飲まないが、浪人たちは飲み始めた。しばらく話をして、そのうちの一人を連れ出して店を出た。四人の中で、一番腕利きで度胸のありそうな浪人者だった。

さらに歩いていると、喧嘩騒ぎがあった。このあたりなら、気の荒い酔っ払いの人足や破落戸が喧嘩をするのは珍しくもない。一人の中年の浪人者に、五、六人の無宿人らしい者が絡んでいた。

「このさんぴん」

棍棒を持った無宿人ふうが、怒りに任せて浪人者に躍りかかった。だが、その直後に「うえっ」と悲鳴が上がった。ほぼ同時に、二人の男が地べたに叩きつけられている。

太刀打ちできない相手だと悟ったらしい。無宿人ふうの者たちは逃げ出した。その様子を目にしていた伊四郎は、残った中年の浪人者に話しかけた。少しばかり話をしたところで、中年の浪人者と伊四郎は、小さく笑い合った。

これで二人の浪人者と一人の破落戸が、伊四郎の連れになった。四人はそのまま歩いて、隣町の居酒屋へ入った。

混んでいる店だったが、席を見つけて座り込んだ。酒を注文している。

「入って、話を聞いてこい」

山野辺は、手先に店へ入るように命じた。店の中では酔いの回った男たちが、談笑をしている。手先はどうにか身の置き場を見つけたが、伊四郎らの傍ではなかった。

四人は酒と田楽、目刺しなどを注文して飲み始めた。山野辺は店の外からその様子を眺めている。

おおむね話をするのは伊四郎だ。他の三人は、たまに問いかけをするが、聞き役に回っている。酒は飲むが、談笑をしているわけではなかった。

「悪巧みの指図をしているぞ」

山野辺は、そう見ている。騒々しい居酒屋の方が、悪事を指図するにはかえって好都合なのかもしれない。

半刻ほどで、四人が店を出た。飲み代を払ったのは、伊四郎だった。店の前で、四人は別れた。

少し遅れて、手先が店から出て来た。

「すいやせん。話をしっかり聞き取ることが、できやせんでした」

「聞き取れた言葉だけでも、言ってみろ」

手先は少し赤らんだ顔を捻った。短い言葉からでも、話の中身は類推することができる。

「ええと、霞ヶ浦っていうのは、何度か耳にしやした。それから、船旅。材木ってえのもありました。銭がどうとか、とも言っていた気がしやす」

申し訳ない、という顔で手先は言ったが、これだけ聞ければ山野辺にとっては充分だった。伊四郎は霞ヶ浦行きを、男たちに指図していたのだ。見ていた様子では、男たちは断っていない。

伊四郎は怪しげな町へやって来て、荒事に役立ちそうな男を探していたのである。

翌日、山野辺は小佐越屋へ行った。店の商いの様子には変わりはない。人足たちが、手代の指図で材木運びをしている。

文吾左衛門も伊四郎も、いつもと変わらない様子で過ごしていた。とりあえず山野辺は、木置場にいた小僧に問いかけた。

「番頭の伊四郎は、近々旅に出るのではないか」

少しばかり仕入れの話をしてから、この話題を出した。

「いえ。そういう話は、聞いていませんが」

小僧はきょとんとした顔をした。

材木職人や荷運び人足にも聞いたが、知る者はいなかった。あるいは手代あたりに聞けば、分かるかもしれないと考えたが、それをすれば伊四郎に話が伝わる可能性が大きかった。

暮れ六つ（午後六時）の鐘が鳴って、二十歳《はたち》前後の手代が店を出た。どこへ行くのかと、山野辺はつけてみた。行ったのは、三十三間堂《さんじゆうさんげんどう》町にある小料理屋だった。若い娘がいて、愛想《あいそう》よく給仕をしている。

様子を見ていると、手代はその娘に気があるらしく、しきりに話しかけていた。娘も、客が少ないうちは、横に座って相手をしていた。

ときがたつと、少しずつ客が立て込んでくる。そうなると手代の相手ができなくなった。

手代は半刻もいないで、店を出て行った。

山野辺は店に入った。酒を注文して、娘に問いかけた。

「あの手代は、その方に気があるようだな」

と声をかけた。

「そうですかね」

娘は口元に笑みを浮かべたが、嬉しがるでも恥ずかしがるわけでもなかった。客の一人として、扱っているだけらしい。

「どのような話をしていたのか」

「何でも、近く番頭さんが、遠出の旅に出るらしいんです。それでしばらくは、代わりに店の大事な仕事をしなくちゃならないって話していました」

「そうか」

これではっきりした。伊四郎は、昨夜の浪人二人と破落戸一人を連れて、江戸を発つ。喜三郎の命を狙うのか、輸送の妨害をするのかそれは分からないが、塚原や太田黒らとつなぎを取りながら事を運ぼうとするのは明らかだと思われた。

山野辺はさっそくこの件を、正紀に伝えた。


日にちは瞬く間に過ぎて行く。喜三郎らが出立する前日になった。しかしそれでも、まだ東国三社参拝の許しは届いていなかった。

「何をしているのだ」

と苛立《いらだ》たしい気持ちになるが、どうすることもできない。

そして正広からの言伝《ことづて》を、水澤が持ってきた。

「下妻藩の国許から、国家老瀬川《せがわ》の腹心である腕利きの藩士三名が陣屋を出たと知らせがあったとのことでございます」

「霞ヶ浦へ向かったのか」

「領内巡視という名目でございますが、まずは霞ヶ浦かと存じます」

山野辺の話も聞いている。敵は、着々と襲撃の支度を調えているらしかった。

四

喜三郎らの、出立の日となった。一行は正午過ぎに、高浜屋が手配をした関宿行きの六百石積みの弁才船《べざいせん》に乗り込む。

江戸から下総行徳を経て江戸川を上り、関宿へ行く。そこで船を乗り換えて、利根川を下る経路となる。江戸からの荷船は、各種の下り物や江戸の職人による加工品、近郊でできた産物を運ぶ。関宿からの荷船は、利根川流域だけでなく東北や北関東から運ばれた荷を載せて、江戸川を下ってくる。

荷船は大小を問わず、往路荷を積んで帰路は空船、などということはあり得ない。船問屋は、往復の運航で各種の荷を運ぶ輸送料を得た。

場合によっては自ら荷を仕入れて、運び先で売る者もいた。

江戸は、百万人の人口を抱えている。その暮らしを支えるためには物資の大量輸送は不可欠で、水運はなくてはならないものになっていた。

六百石積みの弁才船は、ほぼ満載だ。しかし一行を乗せる程度の空きはあった。大きな船の方が、乗って行く者にとっては体が楽だ。だがそれだけが理由ではない。大型船には、船頭の他に多数の水手《かこ》が乗り組む。

襲撃しにくい、ということを頭に入れていた。そうでなければ、喜三郎は用心棒を雇ったはずだ。

「東国三社参りのお許しは、まだ届かぬか」

正紀は苛々《いらいら》しながら、佐名木に問いかけた。

「そろそろかと、存じまするが」

慰めとしか受け取れないような返事があった。

「かまわぬから、行ってしまおうか」

焦る気持ちで口にした。すでに青山は旅支度を調えている。そして正紀も、供をさせる植村や挟み箱を持つ中間乙次郎《おつじろう》も、旅支度を終えていた。許し状が届き次第、飛び出せるようにしていたのである。

「それは、なりませぬ。正紀様の肩には、高岡藩一万石が載っておりまする。それを忘れてはなりませせぬぞ」

と佐名木に告げられると、返答ができなかった。

弁才船は、小名木川の船着き場から出る。刻々と時が過ぎて、青山は屋敷を出立した。

「くそっ」

正紀は柱を蹴った。そして半刻ほどしてから、佐名木が書状を手に御座所へやって来た。

「届きましたぞ」

受け取って中身を検めた。間違いなく東国三社巡りを許す書状だった。正紀はそれを懐に押し込むと、京の部屋へ行った。

「霞ヶ浦へ、参るぞ」

「お気をつけて」

京は丸薬入りの、家紋の入った印籠《いんろう》を差し出した。二千本の杭のため江戸を出るときにも、持たせてくれたものだ。

「ありがたい」

早速、腰にぶら下げた。屋敷を飛び出すと、神田川河岸まで駆けた。走りがのろい、巨漢の植村を急き立てた。二十歳の乙次郎は、身軽だった。

神田川に出ると、空舟を拾った。小名木川へ急いだのである。

舟は大川に出て、これを下った。いくつもの船が、行き来をしている。日差しが少し眩しかった。

そして小名木川へ入った。

「あれですね」

植村が声を上げた。まだ帆柱を立てていないが、さすがに六百石の船は大きかった。荷を積み終えて、人が乗り込もうとしているところだった。

「ようやく、間に合ったぞ」

ほっと胸を撫で下ろした。舟を降りて、弁才船の停まる船着き場へ駆けた。

「ど、どうなされましたか」

正紀を見かけて、誰よりも仰天をしたのは太田黒だった。もちろん塚原も、不審の眼差しを向けている。何よりも旅姿が納得いかないらしく、頭からつま先まで目を走らせた。

「おれも、この船に乗るぞ」

「まさか。それはできますまい」

「高浜河岸へ行くのではない。おれと供の者は、東国三社へお参りをするのだ。このように、お上からの許し状もあるぞ」

正紀は出して見せた。

「喜三郎。我ら三人、この船に乗ってもよろしいな」

太田黒や塚原ではなく、傍へやって来た喜三郎に声掛けをした。

「も、もちろんでございます」

喜三郎は安堵の表情を浮かべた。船には青山、水澤に加え、多数の水手も乗っている。しかし正紀や巨漢の植村が乗ることで、安心の度合いが増したようだ。

「正紀様がご一緒なのは、何よりでございます」

「まことに、まことに」

太田黒が言い、塚原が作り笑顔で応じた。しらじらしい二人だった。

喜三郎と若い手代、太田黒に塚原、青山に水澤、そして急遽加わった正紀ら三名が、一行になった。太田黒は藩の御用で下妻へは行ったことがあるという。塚原は、江戸より東へ行くのは初めてだと言った。

そして弁才船は船着き場から離れた。大型船が、滑るように水面を進んでゆく。正紀や植村にとっては、利根川へ出るのは初めてではない。しかしこれまでとは違う経路を取る。

水上交通の要衝である関宿を見られることは、正紀にしてみれば楽しみだった。

しばらく進んだところで、弁才船は帆柱を立て帆を張った。船はこれで、一気に勢いを増した。中川《なかがわ》の御船番所《おふなばんしょ》を通り過ぎ、新川《しんかわ》へ入る。大小の荷船と行き交った。そして下総行徳へ出た。

ここでいったん船を止め、小休止とする。厠《かわや》へ行く者があり、茶店で饅頭を食う水手もいた。正紀は桜井屋の本店に顔を出したいところだったが、あきらめた。喜三郎の傍から離れなかった。

太田黒と塚原をそれとなく見張っているが、今のところ不審に感じる動きはなかった。

河岸に長居はせず、すべての者が船に戻るとすぐに出立した。ここからは、江戸川を上って行くことになる。小名木川や新川とは違う大河だった。

「ここからは、初めてですね」

植村が声をかけてきた。高岡へは二度行ったが、そのときは下総行徳から陸路を使った。利根川の木颪《きおろし》河岸に出て、そこから高岡河岸まで船を使った。ただ植村は、人を乗せる六斎船《ろくさいせん》を使ってこの地へ来たことがある。

飢饉凶作とはいっても、船上から眺める景色は長閑《のどか》で、土手際にある樹木は青々としていた。そろそろ落葉樹の青葉が芽吹き始める頃である。

市川《いちかわ》、金町《かなまち》、松戸《まつど》を過ぎた。地図の上では、何度も目にした河岸である。次にいつ来られるか分からないから、その様を目に焼き付けた。

すでに夕暮れどきになっている。さらに小さな河岸を二つ三つ過ぎると、すっかり暗くなった。

一同は持参した握り飯を食べた。

「野田《のだ》はまだか。村の様子を見てみたいものだが」

正紀は喜三郎に尋ねる。

「まだでございます。通り過ぎるのは、真夜中の頃かと思います」

「残念だな」

醬油については、思い入れが深い。野田や銚子の醬油は、年を経て人々の暮らしの中に入り込んできた。今や下り醬油の販路を脅かそうとしている。その醸造蔵を、ぜひ見てみたいと思っていた。

高岡河岸に運ばれる龍野《たつの》の淡口醬油は、これらの醬油とは競合しない別の品として売り出していた。目論見《もくろみ》は今のところうまくいって、高岡河岸には淡口醬油の樽が常時運ばれてきている。

それでも野田や銚子の濃口醬油を、関わりのない品とは思っていない。醸造蔵をちらと見ただけで何かが分かるわけではないが、好奇心は抑えがたかった。

関宿へ着くのは、朝になってからだと伝えられた。正紀は喜三郎と並んで、積まれた荷の脇に身を横たえた。

目を覚ますと、あたりはまだ薄暗い。夜になっても、太田黒や塚原が不審な動きをすることはなかった。船内には水手がいるだけでなく、正紀や植村、青山や水澤もいる。油断はしないが、何かを仕掛けてくることはないだろうと考えていた。

「もうじき、関宿ですよ。そろそろあの辺りに、お城が見えてくるはずです」

喜三郎が言った。

「ああ、あれだな」

目を凝らしていると、城の屋根が見えてきた。河岸に納屋や人の住まいが点在するようになった。川漁師らしい者の、網干場《あぼしば》も目についた。気のせいか、川を下ってくる荷船の数が増えたようにも感じた。

すっかり明るくなったころ、弁才船は船着き場へ着いた。大小の荷船が停泊し、船出をしようとしていた。早くも荷運び人足の掛け声が響いてくる。

「大きな町だな。さすがに五万八千石の城下町だ」

規模は江戸とは比べるべくもないが、家並みが城を中心に広がっている。荷入れ荷下ろしをする船着き場の活気は、深川あたりとそう変わらない。

弁才船で運ばれた荷は、ここで行先別に積み替えが行われる。利根川を上る船、渡《わた》良瀬《らせ》川や思川《おもいがわ》方面へ行く船、利根川を下る船が、荷積みが済むのを待っていた。

正紀の一行も、ここで銚子方面へ向かう船に乗り換える。城下の一膳飯屋で朝飯を食べ、昼の握り飯を用意してもらって、利根川の東河岸にある境《さかい》河岸へ出た。

ここも賑やかな河岸だった。一行は麻や小間物、炭俵などを積んだ二百石積みの荷船に乗り込んだ。

ここからは、流れに逆らうのではなく、下ってゆく船になる。

川は蛇行を繰り返し、いくつかの河岸を通り過ぎた。日が高いから、河岸場の様子はよく見えた。活気のある河岸場もあれば、前の高岡河岸のように一艘の船も停まっていない河岸場もあった。

そして大きな川の河口に出た。見覚えのある場所だった。

「鬼怒川ですね」

植村が言った。激流の川面《かわも》を、二千本の杭を積んで下ったことが、つい先日のように思い出された。下妻藩の領地は、この川を上った先にある。水澤にとっては国許だから、懐かしいに違いない。

荷船は、正紀らの感慨には関わりなく鬼怒川の河口を通り過ぎ、さらに進んでゆく。

大きな河岸場が現れて、それが取手河岸だった。ここも通り越し、小貝川《こかい》の河口も過ぎた。

木颪河岸を過ぎて、いよいよ高岡河岸に迫る。正紀は胸がときめいた。下り塩を運んだ時以来である。

新旧の納屋が並んだ河岸場が見えてきた。

「高岡河岸でございますね」

見とれていると、喜三郎が声をかけてきた。

「さよう。荷船が停まって、塩俵《しおだわら》を降ろしておるな」

満足な気持ちで正紀は言った。荷を運んでいるのは村の者だ。河岸場が賑わうことで、ああやって駄賃を得ることができる。少しでも暮らしの助けになるだろう。

「船を停めて、少しばかり立ち寄られてはいかがでございますか」

近くにいた塚原が、さりげなく言った。

「なるほど。それくらいは、かまわぬでしょう」

太田黒が合わせた。親身な口ぶりになっている。

「いや、やめておこう」

二人の言葉で、気持ちが動いたのは間違いない。できることならば船から降りて、少しの間でも立ち寄りたいところだ。しかし二人の顔を見て、気持ちが冷めた。

塚原にしても太田黒にしても、どういう意図で口にしたかは知れたものではない。

正紀が許されているのは東国三社巡りであって、お国入りではない。江戸へ戻って建部や正棠に伝えられたならば、ここぞとばかりに責め立ててくるだろう。

船はそのまま高岡河岸を通り過ぎた。

五

下流に向かうにつれて利根川の川幅も広くなり、対岸の人の姿が、豆粒のように見えるようになった。

一行が乗ってきた船は、霞ヶ浦へは行かない。銚子へ向かう船なので、一行は石納《こくのう》という河岸場で降りた。

喜三郎らは、霞ヶ浦へ出て高浜河岸に行く船に乗る。正紀ら三名は、香取神宮に向かうことになっていた。

「正紀様とは、ここまででございますな。まことに残念」

ほっとした顔で太田黒が言い、塚原が頷いた。喜三郎は、やや心細げな顔をしている。しかし何かを言うわけではなかった。

　喜三郎らは今日中に、高浜河岸へ到る。喜三郎と手代は当地の支店に入り、四人の侍は河岸場内にある旅籠《はたご》に投宿することになっていた。

　正紀らは、霞ヶ浦の船着き場まで行って一行を見送った。一口に霞ヶ浦といっても、たいへん広い。曇天の下では、海にしか見えなかった。出航する船も、行先が合わなければ乗れない。高浜河岸へ行く平田船《ひらたぶね》を見つけて乗り込んだ。

「天気が良ければ、あの辺りに筑波山がくっきり見えるんですがね」

　喜三郎は、浦の彼方を指さして言った。

　正紀は、河岸場の周辺に注意深く目をやっていた。下妻藩の国許からは、国家老の瀬川配下三名が陣屋を出ている。小佐越屋の伊四郎も、三人の浪人者や破落戸を伴って江戸を出立しているはずだった。しかしその気配は、感じなかった。

「高浜河岸で、待ち伏せているのでしょうかね」

　植村が言った。

　一行の中で土地勘があるのは、喜三郎と手代だけだ。三人の下妻藩士も伊四郎らも、霞ヶ浦の土地勘はないはずだった。ならば少しでも早く高浜河岸へ行って、襲撃の方策を練る方が得策ではないかと考えた。

正紀と植村は、河岸場の茶店の一室を借りて、衣服を替えた。深編笠も被った。

「では東国三社巡りの代参を頼むぞ」

正紀は、供をしてきた中間の乙次郎に命じた。拝むだけでなく、お神札《ふだ》も受け取ってくる。それが東国三社巡りをした大事な証になる。

「かしこまりました」

乙次郎は二人と別れて、香取神宮方面へ向かって行った。代参を済ませた後は、ここ石納で正紀らを待つことになっている。

深編笠を被った正紀と植村は、高浜河岸へ行く船を探して乗り込んだ。太田黒や塚原には気付かれないようにして、襲撃を防ぐ役割をする決意である。それは、青山や水澤にはもちろん、喜三郎にも伝えてあった。

すでに薄闇が水辺を覆っている。霞ヶ浦の広さはさながら海だが、江戸の海のように波は大きくない。さして揺れを感じることもないまま船は鯉川に入り、高浜河岸の船着き場に停まった。

喜三郎に同道した青山は、正紀らと別れたことで気持ちを引き締めた。後から追って来ることは分かっていたが、役目の重さを再確認したのである。

鯉川は、大河とはいえない。川筋には上流から柿岡《かきおか》河岸、府中河岸、高浜河岸の三つがあるだけだ。それ以上の上流は水深が浅いので、荷船の航行は行われていない。

筑波山麓の木材は、筏にされて流されてきていた。

高浜屋の支店はそれを仕入れて、江戸へ運んだ。

「そろそろ着くかと、待っていましたよ」

高浜河岸に着くと、すぐに高浜屋へ知らせを出した。すると喜三郎の弟喜兵衛が、船着き場まで迎えに出て来た。三つ違いの兄弟で、面差しは似ていた。

喜兵衛は、太田黒らにも丁寧な挨拶をした。四人の侍が同道することは、すでに伝えてあった。

「お疲れではございましょうが、ざっと見ておいていただきましょう」

高浜屋の支店は、河岸場の中心よりやや外れているが、船着き場とは目と鼻の距離にあった。建物の横手に、木置場が広がっている。

青山ら侍たちも、喜兵衛に連れられて木置場へ入った。濃い木のにおいが、鼻を衝いてくる。檜や欅、檜葉や杉が丸太のまま積まれていた。太さ長さもそれぞれだ。

喜三郎がその何本かに、手を触れた。

「仰せつかった材木は、すでに七割がたが揃っておりますが、まだ届かぬものもございます。特に別誂《べつあつら》えで頼んだものは、これからになります」

運ばれてくるのは、浄心寺の普請に使うものだけではないらしい。上質の材木で、その中から喜三郎が江戸へ運ぶ品を決めるらしかった。

「いつ頃に、届くのかね」

「三、四日の内には、着くと思いますよ。あすには杉材の良いのが、筏になって来るはずです」

丸太は船に載せて運ぶわけではない。筏にして流すだけなので、届きさえすれば江戸へ送る段取りが調うらしかった。筏師も用意していると喜兵衛は言い足した。

「実際には、どう運ぶのか」

こう問いかけたのは、太田黒だった。青山と水澤は顔を見合わせた。輸送中に何かを仕掛けるならば、知っておきたいところだろう。

「安価な杉材は、確認の上明日にも出荷できます。中心材の筏は、六つか七つになるのではないでしょうか。それを前後に繋ぎます。急ぎの仕事ですので、上りの利根川では、帆船の尻に繋いで曳《ひ》いてもらうことも考えています」

木置場を出る頃には、あたりは薄暗くなっていた。

「遠路を、お疲れでございましたでしょう。今日はこれで旅籠に入り、おくつろぎくださいませ」

喜兵衛は、四人の侍それぞれに目を向けて言った。

河岸場には、種屋《たねや》と鯉屋《こいや》という二軒の旅籠があった。喜兵衛は、種屋という大きい方の旅籠に宿をとっていた。部屋は太田黒と塚原が一緒で、青山と水澤の部屋はやや離れていた。

青山は、種屋の出入り口近くの軒下に、ひょっとこの絵柄の手拭いを結び付けた。正紀に知らせる目印だ。

遅れて高浜に着く正紀らは、旅籠には泊まらない。高浜屋の隣家の桶屋に泊まる。幕府の許可が下りようと下りまいと、起居する部屋だけは、喜三郎が内密に依頼をしていた。

何かあれば、いつでも、すぐにでも正紀は動くことができる。

青山と水澤は旅装を解くと、茶を一杯飲んだ。女中が、饅頭も運んできた。

「お連れ様からです」

と言った。塚原の差し入れらしい。

二人がどういう動きをするか、目が離せない。饅頭を口に押し込み、茶で流し込んで、やつらの部屋の様子を見に行った。

「やられたぞ」

憎々し気な顔で水澤が言った。太田黒と塚原は、旅装を解くこともなく旅籠から出かけたらしい。早速、下妻藩士か伊四郎に会いに行ったのだと推量できた。

青山と水澤は、旅籠の番頭に問いかけた。

「三人組の藩士、もしくは二人の浪人と人足ふう、そういった者が泊まっていないか。これに三十代半ばの江戸の番頭が一緒かもしれぬ」

「さあ。そういう方は、お泊まりになっていませんが」

ただ一人で泊まる大名家の家臣はいた。笠間《かさま》藩の藩士らしい。

「別々に泊まることもありえるぞ」

笠間藩藩士は三十代半ばの歳だという。一応顔を検めた。水澤は、下妻藩の者ではないと言った。

そこで鯉屋へいった。種屋の番頭にしたのと同じ問いかけをした。鯉屋の番頭も、首を横に振った。

高浜河岸は、鯉川の霞ヶ浦への河口に位置する場所だから、小さな町といった規模だった。二人で町の中を歩いてみることにした。

商家があり、旅人や船乗り、荷運び人足らのための酒を飲ませる店や一膳飯屋もあった。

「三人組のお侍さんですか。見かけませんね。そういう方がいたら、小さな町ですから、すぐに気がつきます」

草鞋《わらじ》などの、旅の品を商う店の女房はそう言った。

「では、二人の浪人者と破落戸ふう、それに商家の番頭という四人連れは見かけなかったか」

「一緒にいるのは、見かけません。でも商家の番頭さんとか破落戸といった人ならば、いつだって町へやって来ますよ。そういえば、二人連れの浪人者ふうは見かけました」

荒んだ気配で、河岸場では見かけない顔なので覚えていると付け足した。昨日と今日、見かけたそうな。ただそれ以上のことは分からない。

他にも、居酒屋の女中に聞いた。

「三人のお侍さんは知りませんけど、浪人の二人と、ちょっと怖い感じの人足みたいな人が来て、お酒を飲んでいきました」

昨日のことだ。普段河岸場では見かけない顔だったそうな。遅れて番頭ふうが現れたという。

「間違いないな。伊四郎らだろう」

「旅籠には、泊まっていないようだが」

水澤はそこが気になる様子だった。

「泊まる所は、銭さえ出せば、どこにでもあるだろう」

そして次に、昨日今日に、鯉川を行き来した船頭に問いかけた。喜兵衛に手助けをしてもらい、船問屋の店を訪ねたのである。

「二人の浪人と人足ふうの連れ、というのは見かけません。商人の番頭は、今日も目にしましたけどね」

「そういえばおれは、三人連れの侍の姿を見かけましたぜ」

と言った者がいた。

「どこでか」

「柿岡河岸ですよ」

鯉川の上流の河岸から、竹を運ぶときに河岸場で見かけたのだそうな。

「そうか、やはりいたか」

下妻藩の三人組も伊四郎らも、この地へやって来ている。

「いよいよ、始まるぞ」

青山が言うと、水澤が真剣な面持ちになって頷いた。

高浜河岸へ着いた正紀と植村は、種屋でひょっとこの手拭いを確認した。すでに暗いが、深編笠は被っていた。

そして高浜屋の隣の桶屋に入った。桶屋のことは、事前に聞いていた。

食事を済ませたところで、青山と水澤が台所口から訪ねて来た。二人は聞き込んだ内容を正紀と植村に伝えた。

六

正紀は真夜中であっても、何かが起これぱすぐに飛び出す覚悟でいた。刀は、枕元に置いた。付け火がないとは言いきれない。

幸いなことに、何事もないまま朝になった。

「今日は、杉材が上流の柿岡河岸から届きます」

食事をしていると、喜三郎が伝えに来た。太い杉丸太六本で、天井材などにするらしい。喜兵衛が選び抜いた良材だそうな。

「では、それがなければ本堂改築に支障をきたすわけだな」

「無傷で、江戸へ運びたい品です」

「ならば、上流まで迎えに出よう」

運んでくる筏師は、斧次《おのじ》という三十代半ばの者だそうな。

「襲われやすい場所としては、どのあたりか」

喜三郎は、店の小僧を連れてきた。十五、六の年頃で、何度も鯉川を行き来しているそうな。

「一番見晴らしがきくのは、府中河岸の少し手前です。あの辺りから流れが急になりますが、上流を見晴らすには都合がいいところです」

三人組が現れれば、目立つだろうと思われた。あるいは伊四郎が率いる、浪人者らが襲ってくるかもしれない。事を起こす前に、食い止めるのである。

府中まで行くことが無駄になるのならば、それはそれでよかった。

河岸の船着き場から離れたところに、小舟を用意してもらった。正紀と植村は、深編笠を被り裏道を使って移動をした。斧次の顔を知っている小僧に艪《ろ》を漕がせ、鯉川を上った。

府中は、正紀にとって無縁な場所ではない。正紀の叔母である品は、府中藩二万石松平家に正室として嫁いでいる。杭を手に入れる折や淡口醬油を売る折には、知恵を授けてもらった。

せっかくだから、川べりだけでも見ておきたいと思った。

「下妻藩の侍たちや伊四郎らは、斧次なる筏師が操る筏が、高浜屋の材木だと分かるのでしょうか」

植村が言った。どこの品か分からなければ、襲いようがないと言いたいらしかった。

「高浜屋では、六本の杉材を柿岡河岸で筏に組むそうだ。上質な杉の、太い丸太だから、河岸場の筏師か人足に聞けば、高浜屋の品であることは聞き出せるのではないか。筏師が昨日から決まっているならば、顔も覚えたかもしれぬぞ」

伊四郎ならば、その程度のことはするだろうと、正紀は予想している。実行する者に、伝えれば済む話だ。

「油断がなりませぬな」

「うむ。襲う場としては、人のいる河岸場は避けたいところだろう。一人で扱う筏を襲うのが、一番手っ取り早いのではないか」

小僧が漕ぐ船が、鯉川を遡《さかのぼ》ってゆく。すれ違う船はおおむね平田船で、筏もあった。

「あれは、節の多い檜葉ですね」

艪を操りながら、小僧は言った。川は蛇行し、ところどころ川幅が狭まって流れが激しくなる場所もある。しかし小僧は慌てない。若いが、腕はあるらしかった。

身を乗り出していた植村は、ばしゃりと水を浴びた。

「そろそろ、府中です。このあたりで待ちましょうか」

小僧が言った。このあたりは川幅も広がって、流れもゆるやかだ。上流から下ってくる船や筏を待つには、都合の良い場所だった。小舟から、釣り糸を垂らしている老人の姿もあった。

珍しく晴天で、降り注ぐ日差しが眩しい。筑波の山並みが、くっきりと見えた。深編笠を被っていると、日除けには都合がいい。

小さな船着き場があって、舟をそこに寄せた。釣りをするつもりはなかったが、釣り竿は持ってきていた。

正紀と植村は、釣り糸を垂らした。

斧次が扱う筏がいつ下って来るかは、分からない。気長に待つつもりだった。

そうやって半刻も座っていると、心地よくて眠くなる。小僧がこっくりこっくりし始めて、植村の体も揺れはじめた。

そこへ小さな筏に乗った、十六、七歳くらいと思《おぼ》しい筏師が、正紀らのいる船着き場へ寄ってきた。太さが不ぞろいで、長さもまちまちの、古い丸太で拵えた筏である。

「こんにちは。ちょいとご無礼いたします」

といって船着き場へ上がった。懐から竹の皮包みを取り出して、握り飯を食べ始めたのである。それを見て、正紀は昼飯どきなのに気がついた。

「我らも食べようか」

と言うと、植村も小僧も嬉しそうな顔をした。持参した握り飯を包んだ竹皮を広げた。

飯を食いながら、正紀は若い筏師に問いかけをした。

「柿岡河岸で、六本杉の筏を見かけなかったか」

「斧次さんが乗るやつですね。そろそろ来るかもしれません」

と若い筏師は応じ、そして続けた。

「おいらも、ああいうのを、扱うようになりてえですよ」

川上に目をやった。

まだ見習いなのかもしれない。乗ってきたのは、貧相な古筏である。

「それを流して、どうするのか」

　正紀は問いかけた。

「高浜河岸で、売るんです。旦那が買ってくれるんなら、手間が省けます。安くしますよ」

「いくらだ」

「銀三十匁です。値引きもしますよ」

　安くても、買う気はなかった。そもそも、使い道がない。

　若い筏師が、握り飯を食べ終えた。水筒《すいづつ》の水を、のどを鳴らして飲んでいる。正紀は何げなく、対岸に目をやった。

「あれは」

　と小さな声が出た。対岸の、やや上流のあたりにも朽ちかけた小さな船着き場があった。そこに主持ちといった気配の侍三人が乗った舟が、近づいたのである。その内の一人が、艪を握っていた。

　船端を船着き場に寄せているが、舟から降りる気配はなかった。

「あれは、下妻藩の者たちではないですか」

　植村も気がついたらしかった。

「ああして、下ってくる筏を待っているのであろうな」

上流を見晴らすには、ここが一番都合がいい場所だと聞いていた。侍たちも同じことを聞いて、ここらあたりを襲撃の場にしようと考えたらしかった。

正紀と植村は、残りの握り飯を口に押し込んだ。

このとき、食事を済ませた若い筏師が立ち上がった。川下りを再開するようだ。正紀は、声をかけた。

「おい、拙者たちと一緒に下らぬか。場合によってはその古筏、買ってやってもよいぞ」

「本当ですか」

若い筏師は目を輝かせた。

「あ、あれです。斧次さんの筏が、下ってきます」

小僧が指差した。目を向けると、太い丸太を組んで作った筏が川を下ってくる。

正紀は若い筏師に言って、古筏をこちらの舟に縄で繋げさせた。

「筏は買ってやる。今のうちに筏を繋ぐ蔓《つる》を、何本か切っておけ」

「どうしてそんなことを」

驚いたらしいが、銭を与えると、若い筏師は腰に差していた刃物で蔓を切った。その上で、こちらの舟に移らせた。

その間にも、斧次の筏が近づいてくる。すると、三人の侍たちの舟が、船着き場から離れた。艪を握らない二人の侍は、腰の刀に手を触れて、鯉口《こいぐち》を切っている気配だった。

たとえ斧次を殺してでも、筏を奪うか傷物にすることを狙っているらしかった。

「こちらも行くぞ」

正紀が命じると、小僧は舟を船着き場から離した。下ってくる斧次の筏に近づいてゆく。もちろん三人の侍が乗った舟も同様だった。

「あの侍の舟は、斧次の筏を奪おうとしているのだ。合図をしたら、繋いだ古筏の縄を切るのだ」

「へい」

若い筏師も状況を見て、正紀が言うことを正しいと判断したらしかった。

斧次の筏と、侍たちの舟の間隔が数間に縮まった。ここで侍の二人が、刀を抜いた。

状況に気がついた斧次は、「うわっ」と驚きの声を上げている。

このとき、正紀が乗る舟と筏も至近距離に来ていた。

「縄を切れ。こちらは、すぐに離れろ」

正紀が叫ぶと、筏師が古筏を繋いでいる縄を切った。古筏が、斧次の筏と侍たちの舟の間に割り込んだ。

どしんという音と水飛沫が上がった。古筏と侍たちの舟がぶつかったのである。衝撃で古筏の丸太は、ばらばらになっている。

「おおっ」

と声を上げたのは、侍たちだった。水を被った舟は、上下左右に大きく揺れている。侍たちは、船端にしがみつくしかなかった。

古丸太は、舟の行く手を遮り、船首の向きも変えてしまう。激しい揺れの中では、満足に艪を扱うこともできなかった。

「行けっ。後ろにはかまうな」

正紀は斧次に向かって叫んだが、声が届いたかどうかは分からない。斧次の筏は、古丸太に邪魔されることなく川を下った。正紀らが乗る舟も、侍たちの舟を残して川を下った。

第四章 未明の賊

一

正紀らが乗り込んだ六百石の弁才船を、山野辺は離れたところから見送っていた。不審者が現れることもあろうと思って、近寄らずに正紀らの身辺に目を光らせていた。

不審者の姿を認めることもないまま、船は出航した。

前日まで東国三社巡りの許しが下りず、正紀が苛々していたことは知っている。しかし船に乗り込んだということは、許しが下りたのだと山野辺はほっとした。

「それでいい。あいつはかの地で、できる限りのことをするだろう。おれは江戸でやれることをするぞ」

と気持ちを新たにした。

町方では、浜松藩や下妻藩の藩邸は探りようがない。だから小佐越屋へ行った。

荷運びをしている人足に聞くと、伊四郎は昨日の夕刻に、関宿まで人を運ぶ六斎船に乗ったらしかった。番頭が、仕入れのために旅に出るのは珍しいとはいえない。奉公人たちが不審に思う気配はなかった。

店舗の脇にある木置場へ行ったら、手代が帳面片手に材木を検めていた。仕事ぶりは、熱心に見えた。

「番頭がいないと、手間が増えるな」

山野辺は、できるだけ明るい口調にして声掛けをした。

「はい。落ち度がないように、気を付けております」

山野辺が腰に十手を差しているので、手代の物言いは丁寧だった。

「小佐越屋の主人は、鬼怒川の上流の出で、そこから材木を仕入れてきているのだったな」

これは前に聞いた。日光街道今市宿から那須《なす》を経て、奥州街道の白川宿へ抜ける白川道の道筋にある宿場小佐越宿の出だった。

「さようでございます。番頭さんもあちらの出ですから、知り合いも多いようです」

手代は、伊四郎の出掛先が小佐越宿あたりだと考えているらしかった。

「その方、行ったことがあるのか。そちらへ」

「二度ほど、旦那さんのお供で行ったことがあります。鬼怒川に沿った谷間の街道で、周りが樹木に覆われています。どこまで歩いても、山ばかりです」

「どのような材木を仕入れるのか」

山野辺は雑談めかして聞いている。

番頭が留守なので、その分気持ちが楽なのかもしれない。手代に話すことを嫌がっている気配はなかった。

「今回は、実際になにかを仕入れるというよりも、山の様子を見たり地元との顔繋ぎをしたり、といったことだと思います」

「頻繁に行くのか」

「前に出かけたのは、昨年の十月頃でした。そのときは、大量の檜を仕入れました」

「総檜の家でも、建てようとした者がいたわけだな」

不景気でも、金はあるところにはある。小佐越屋はそういう客を取り込んで、店を大きくしてきたのだろう。ときには手荒な真似や、強引なことをして。

けれども小佐越屋の旧悪を洗うのが、今の山野辺の仕事ではない。

「では、檜の家は建ったわけだな」

「いえそれが、建てる予定だった店のご主人が亡くなって、話は流れました」

「すると小佐越屋は、仕入れた分だけ損をしたわけか」

そうなれば、伊四郎は黙っていなかっただろう。

「違約料を頂戴しております。損はしておりません」

「なるほど」

伊四郎らしい、抜かりのなさだ。その材木は、他へ回せばいい……。と考えて、はっとした。

「その檜材はどうしたのか。ここにあるのか」

山野辺は、木置場の中を見回した。

「ここではありません。三十三間堂の東にある木置場です」

丸太で仕入れて、加工をする前に話が流れた。檜材はそう需要があるものではないので、そのままになっていると言った。

場所を聞いて、その檜材を見てみることにした。

広大な木置場の中心に、稲荷《いなり》があるという。その近くだった。

鋸を引く音や槌《つち》の音が、どこからか聞こえてくる。材木が積んであって、丸太が掘割に所狭しと浮かんでいた。

歩いていると、材木のにおいがひときわ強い。南に行くと江戸の海だからか、塩の香も微かに混じっていた。

稲荷の社《やしろ》近くで、三人の職人が鋸を引いていた。

「小佐越屋さんの材木は、あの辺になりますよ」

問いかけると、職人の一人が指差した。行ってみたが、材木や丸太が積まれているだけで、他と何の変わりもなかった。

手代が言っていた檜の丸太がどれかと見回したが、山野辺には識別ができない。

そこで職人たちがいるところへ戻って尋ねた。

「小佐越屋は、相当な量の檜材を仕入れてそのままになっていると聞いたが」

鋸を引いていた職人は手を止めて、少しばかり考えるふうを見せた。それから「ああ」と、思い出した様子だった。

「ありますよ。見たいんですかい」

「分かるならば、教えてもらいたい」

見たからどうというものではないが、せっかくここまでやって来た。

「じゃあ」

中年の職人に連れられて、掘割の際まで行った。

「あれですよ」

指差しされたのは、地上に積まれた丸太ではなく掘割に浮かべられたものだった。ざっと見ても二、三十本、太くて長いものもあった。

「五間（約九メートル）近い長さのものもあるな。相当の良材ではないか」

節はそれなりにある。しかし問題のある丸太には見えなかった。

「まあ、悪い丸太ではないと思いますが、朽ち抜けがどの程度あるかは、ここから見下ろしただけでは分かりません」

職人は、丸太の中心部に腐りがないかと言っている。

「あれは、去年の秋の頃から、ずうっとあのままになっています。売れなければ仕方がないのですが」

「まずいことがあるのか」

「長く水に浮かべたままにしておくと、水と空気の境目あたりが腐ったり虫に食われたりします。ほら、あのあたりをよく見て下せえ」

職人が一本を指差した。山野辺は目を凝《こ》らした。

樹皮の剝《は》がされていない丸太で、その水との境目のあたりに、小さな穴らしいものがうかがえた。二つ三つではない。色が他と違う部分もあった。

「表面だけならば、削り取れば済みますが、あれは奥までいっていますよ」

「そういうのが、他にもあるのか」

「まあ、ちゃんと見ないと分かりませんがね」

職人はため息をついた。

「すると、良材とはいえぬわけだな」

「まあ、値によりますが、安くなけりゃあ買いませんね」

この言葉を聞いて、山野辺は「そういうことか」と得心がいった。

小佐越屋は、これを押し付けて儲けようとしたのである。すべてが劣悪品かどうかは分からないが、納入が決まってしまえば、宇左衛門はその材木で仕事をしなくてはならない。

建部や正棠が背後にいたら、苦情も言えないだろう。

「浮いた金子は、山分けか」

と考えると、怒りが湧いてきた。奉行役から正紀や正広を外そうとしたわけも、それで呑み込める。その事実を宇左衛門が知ったならば、黙ってはいないだろう。

小佐越屋にしたら、二人の存在は面倒なだけだ。阿漕なやり口の一端が、見えた気がした。

二

青山は水澤と共に、太田黒や塚原の動きを、いつも目の端に置いている。不審な動きがあれば、すぐに対処するつもりだ。

高浜河岸に着いた直後、太田黒と塚原は、旅装も解かぬまま旅籠を出た。青山は翌日、そのことを塚原に尋ねた。

「なあに、少しばかり河岸場をぶらついてから、酒を飲んだのでござるよ」

何事もなかったような顔で、塚原は応じた。

青山は水澤と共に、河岸場内を歩いて二人を捜したが、居酒屋など酒を飲ませる店にはいなかった。伊四郎らに会ったのは間違いないが、その場所は特定できない。

伊四郎らは、どこかの商家か霞ヶ浦の漁師の家に金子を与えて宿泊しており、そこで会ったとも考えられる。ただその場所は、河岸場内ではないのかもしれない。

夕暮れ前に、柿岡河岸から運ばれた六本杉の筏が高浜河岸に着いた。待ち望んでいた材木だから、店の者は全員迎えに出た。

材木も筏師の斧次も無事だった。しかしそれで、運搬中に何事も起きなかったとは決めつけられない。青山は、正紀が川を上っていったことを知っている。

太田黒や塚原も河岸へ迎えに出た。青山はこのとき、二人の表情を見ていた。

「やはり」

と思うところがあった。太田黒の顔にも塚原の顔にも、明らかな驚きが現れた。届くはずのないものが届いた、という動揺に違いない。

「いや、安堵いたしましたぞ」

と塚原は口にはしたが、その言葉は本心ではないと感じた。

「川を下ってくる間、何事もなかったか」

喜三郎が斧次に問いかけた。

「刀を抜いた侍が、舟で追いかけて来やした。でもね、そこへ古材でこさえた筏が間に割り込んで、侍の舟にぶつかりやした。その間に、おれは川を下ってきたんです」

「それはよかった」

喜三郎は満足げに頷いた。聞いていた青山も、古筏を流して斧次の筏を救ったのは正紀だと察したのである。

「古筏を流したのは、何者なのか」

問いかけたのは、太田黒だ。納得がいかない表情だった。塚原も、斧次に目をやっている。

「それが、分からねえんです。あっしは侍の方に気を取られていて」

太田黒と塚原が、誰の仕業だと考えたかは分からない。しかし正紀だと推察できる言葉がなかったのは、幸いだった。

「たまたまそこに、古筏が紛《まぎ》れ込んだのではないか」

水澤が、調子の良いことを言っている。

しかしこれで、やつらの妨害が終わるとは思えなかった。

「幸いなことだ。それにしても、その侍とは、何者であろう」

太田黒が誰に言うともなく口にした。

「いかにも。捨て置けませぬな」

塚原がしらじらしく応じた。今後の輸送について、太田黒、塚原、喜三郎、水澤を交えて、その場で話し合いになった。

この話し合いの途中で、いつの間にか塚原の姿が消えていた。太田黒が、こちらの気を引いている間に、伊四郎あたりに会いに行ったのではないかと考えた。

やつらも動いている。

次の日の昼近く、柿岡から下ってきた荷船の船頭が、樵《きこり》を束ねる親方からの文を喜三郎に届けた。すぐに文が広げられた。その周りに、一同が集まった。

「柱材になる欅や梁桁になる檜材が、柿岡に集まりつつあると知らせてきました。あと二、三日で揃うという話です」

「そうか、いよいよですな」

塚原が言った。太田黒が頷いている。

「柱材や梁桁材となると、杉材よりも大きくなるのであろうな」

青山は問いかけた。それが筏になるというのが、想像しにくい。

「長さが八間（約十四・五メートル）、末口が、二尺二寸（約六十八センチ）のものもあります」

「巨木ではないか。本堂の、中心になる柱だな」

「さようでございます」

「筏に組むのは、手間がかかりそうだな」

これは素人考えでも、予想がついた。

「太さ長さを揃えますので、すべてが到着してからになります。また大きいと、筏に組むのも一苦労でございます」

筏に組むのは柿岡河岸で行う。できあがれば、すぐに高浜河岸へ流される。それまでに、こちらにある材木を筏にしておく。

「両方を繋いで、江戸へ運ぶわけだな」

「さようでございます」

青山の問いかけに、喜三郎が答えた。


すでに日が落ちた頃、正紀と植村が潜む桶屋へ、青山と水澤が忍んで来た。材木が集まりつつあることと、太田黒や塚原の様子を伝えられた。

「あいつら、今宵も少し目を離した隙に姿を消しました」

「伊四郎らと、悪巧みをするわけだな」

青山の言葉に、植村が応じた。

正紀は、府中付近の鯉川で古筏を流した顚末を話した。

「では、また流れの途中で襲ってくるのでしょうか」

水澤が言った。誰もが考えるところだ。

「ありそうだが、集まった丸太で筏を拵える柿岡河岸も気になるぞ。中心材ならば、傷つけられるだけでも、高浜屋にとっては大きな痛手になるからな」

明日にでも、柿岡河岸へ行ってみようと正紀は考えた。

次の日、青山は早くに目を覚ました。天気は悪く、朝から雨だった。喜三郎が柿岡河岸へ様子を見に行くと言った。届けられる中心材を、自分の目で確かめたいらしい。満足いかなければ、他の品と取り替えるのである。

柿岡河岸には、船着き場付近に貯木場があるそうな。高浜屋はその一部を借りている。届いた材木を、水路を引いて運び貯めておくのである。

集まった材木を検めたいと思うのは、主人として当然の気持ちだろう。

「ならば、それがしもお供をいたそう」

話を聞いた塚原が申し出た。役目柄、喜三郎は断れない。

「ではそれがしも」

水澤が反応した。青山も同道したいところだったが、今高浜河岸には、昨日の杉丸太を含めて、八割近くの材木が置いてあることになる。喜兵衛や店の奉公人は残るにしても、二人ともいなくなってしまうわけにはいかない。

塚原は出かけても、太田黒は河岸場に残る。下妻藩の藩士や伊四郎が、何を企むか知れたものではなかった。

知らせを聞いた正紀は、苫《とま》付きの別舟に乗って、柿岡河岸へ向かうことにした。

三

同じ日、江戸では雨が止んだところだった。京は、お忍び駕籠で浄心寺住職仲達の女房おりくを訪ねた。丸山新町《まるやましんまち》にある住まいへである。

そちらへ行く方が、京にしてみれば気楽だ。先日水子供養をさせてもらった、礼のつもりである。子どものために、かすていらを持参した。

お陰で胸中にあった屈託と、正紀との間にあったわだかまりがすっかり解けた。水子の供養に来いと、おりくは正紀に声掛けをしてくれた。そのことに感謝をしていた。流れたやや子の話はしない。茶の湯の話をしてから、自然に本堂改築の話になった。

「このお話は、仲達さまが建部さまや正棠さまに進言をなされたのですか」

いつかは聞いてみたいと思っていたので、京は口にした。前から出ていた話が、正定の死によって沙汰やみになった。住職の本心としては、改築をしたいところだろう。

「いえそうではありません。建部さまから、お話がありました」

飢饉や凶作の折、暮らしに窮している檀家も少なくなかったから、寺としては一度、辞退をした。勧進も集まらないだろうと考えた。

「それでも建部どのは話を進めようとしたわけですね」

「はい。これは前からの話だとのことで。お金も、何とかなるとおっしゃったそうです」

正棠も改築を勧めてきた。そうなると、仲達にしてみれば断る理由はない。話がもたらされたのは三月初め頃で、くれぐれも内密にと念を押された。

「塚原どのは、どのようなお考えでしたか」

軽輩ではあるが、高岡藩士ではないので、どのをつけて呼んだ。建部らの手先となって動いている人物だとは、正紀から聞いている。

「初めは、辞退することに賛同していました。寺侍としてのお役目も、増えますしね。ところがあるときから、急に様子が変わりました。改築を進めるために、あれこれ働くようになりました」

「何があったのでしょう」

「それは分かりません。どなたかに、何か言われたのかもしれません。まるで別人のようになりました」

気迫に満ちてきた、ということらしい。

なぜ急に変わったのか、京はそこが気になる。

「正棠さまや建部どのと、近くなったのではないですか」

「そうですね。太田黒さまとは、よく会っているようです」

これで、他の話題に移った。ただ聞いた内容は頭に留め、屋敷へ戻ってから佐名木に伝えた。


京から話を聞いた佐名木は、浄心寺へ出向いた。仲達や若い僧に会って、塚原が日頃親しくしていた者や行きつけの酒場などを聞き出した。

ほとんどの者が口にしたのは、浄心寺の近くにある、蓮華《れんげ》寺の辻村《つじむら》某なる寺侍だった。浄心寺と同じくらいの規模の寺だと思われた。

すぐに辻村を訪ねた。

歳の頃は三十代半ばくらい。風采《ふうさい》の上がらない、中背の男だった。佐名木は手土産に、道すがら買った饅頭を渡した。

「さようですな、月に一、二度くらいは、本郷通りの煮売り酒屋で酒を飲みます。憂さ晴らしでござるな」

どこか自嘲気味な口ぶりだった。

「寺は違っても、同役ならば、話が合ったのではござらぬか」

「それはござった。檀家のご機嫌取りも疲れるし、厄介なことを告げてくる講のご仁もありますからな」

法会での待遇が悪いなど、苦情は寺侍のところへ行く。つい愚痴《ぐち》話になることもあるそうな。

「それはたいへんな御用ですな。そこもとも塚原殿も、ご苦労をなされているようだ」

佐名木はさも同情するような口調で応じ、大きく頷いた。佐名木とは初対面だが、辻村はそれで少しばかり警戒心を解いたようだった。

「それがしは浪々の身の上から、寺侍になり申した。しかし塚原殿は、寺侍になるために国許から江戸へ出て来た。寺侍は微禄だが、浪人者のように食い詰めることはない。それがしはそれでもかまわぬが、不満な者もいる。面白いことなど、何もないですからな。十年一日、同じことをしてござる」

とため息をついた。栄達の見込みもない、と言いたいらしい。

侍として腰に刀を二本差すならば、寺奉公ではなく武家奉公をしたいと考える。その気持ちは、佐名木にも分からなくはなかった。たとえ小大名家の家臣であっても、出世の道が閉ざされているわけではない。

しかし寺侍は、何があっても役目が変わることがないのが普通だ。禄も上がらないだろう。

「塚原殿は、優れた剣の腕の持ち主ですからな、この暮らしから抜け出したいと考えていたようだ」

「しかし、そのような話はないわけでござるな」

辻村の言葉を確かめるように、佐名木は言った。

「さよう。ならばもう、面倒なことはしたくないと悟ったのではなかろうか」

「ところが、近頃は様子が変わった」

「いかにも。何か仕官のための手蔓を、摑んだのかもしれませぬ」

どこかに、羨《うらや》む気持ちがあるらしかった。とはいっても、妬《ねた》んでいるほどではない。深い関心を持っている様子もない。辻村なる寺侍は、そういう意欲は持ち合わせていないらしかった。

「仕官先は、どこでござろうか」

思い当たる先は、浜松藩か下妻藩しかない。だがそれを、他の者の口から聞き出したかった。

「さて、どこでござろうか。手蔓を摑んだのかもしれぬというのも、それがしが勝手に思ったことで、直に話を聞いたわけではござらぬ。聞き流していただきたい」

そう言って、手にある饅頭の竹皮包みを撫でた。土産をもらったから話した、という口ぶりだった。

佐名木にとっては、聞き流せる話ではなかった。塚原の胸の内が、見えてきた気がした。

塚原は浜松藩の下級藩士の三男坊で、婿入りの口もないまま、江戸へ出てきて寺侍になった。このまま終わりたくない、と考えたとしても不思議ではない。

本郷通りの、行きつけの煮売り酒屋の場所を聞いて、佐名木は蓮華寺を後にした。

聞いていた煮売り酒屋を捜すのに、少しばかり手間がかかった。というのは、本郷通りとはいっても、少しばかり横道を入った裏通りで、間口が二間（約三・六メートル）もない小さな店だったからだ。しかも煤《すす》けた、みすぼらしいたたずまいだ。腰高障子《こしだかしょうじ》の紙は黄ばんで、何か所か破れている。店先に酒樽でも置いてあるかと思ったが、それもなかった。

「こんな店があるのか」

と驚いた。

店に入ると、濃い醤油のにおいが鼻を衝いてきた。しかし出汁《だし》の香りはまったく感じなかった。

店番をしていた初老の女房に問いかけた。

「浄心寺の塚原さんなら、たまにおいでになりますよ」

寺侍をしていると、たまには檀家からおひねりをもらうことがある。そのおひねりで飲みに来るのだと話したことがあるそうな。

「その塚原だが、仕官をするという噂を聞いた。そういう話を、していたことはないか」

「さあ」

女房は、首を傾げた。

塚原にとっては大事な話だ。こういう店で、軽々しく口にするわけがなかった。浄心寺でも、誰かに話すなどしていないだろう。

「近頃来たのはいつか」

「十日くらい前です。そのときは一人で来て、櫛職人の粂造《くめぞう》さんと話をしていました」

粂造はこの店の常連だそうな。

すぐ近くの裏長屋に住んでいるというので、行ってみることにした。

粂造は九尺二間《くしやくにけん》の長屋で、安物らしい櫛を削っていた。木屑《きくず》が、あたりに散っている。煮売り酒屋で買ってきた五合の酒徳利を、土産にした。

「ありがてえ」

舌なめずりをして、粂造は受け取った。

「ええ。あんときは、てえした話じゃねえですが、塚原様とは半刻ばかり話をしましたよ」

「寺の改築の話だな」

「そうです。出来上がるのに、一年くらいかかるそうで」

「うむ。その後、どうするかなどの話は、しなかったか」

「ああ、何か言ってましたね。なんでも、生まれ在所に戻るかもしれない、といった話でした」

塚原の生まれ在所は、遠江浜松だ。これだけ聞ければ充分だった。

それならば、必要となれば刀を抜くだろう。鬼にも蛇にもなるだろう。納得がいった。

四

柿岡河岸は、鯉川最上流の河岸場である。川はさらに上流から流れてくるが、荷船は行かない。小舟と材木が流されてくるばかりだ。

しとしとと、雨が降り続いている。筑波の山々が、けぶって見えた。

正紀と植村は、喜三郎と塚原、それに水澤が降りたのとは違う船着き場で舟を降りた。

ここは、高浜河岸ほどではないが、旅籠一軒を含めた商家や小さな民家があって、人足の姿もうかがえた。小さな町だが、近くの村からも人が集まるらしかった。

河岸場として、高岡河岸よりもよほど発達している。味噌《みそ》や醬油、塩、酒といった品が運ばれてきて、材木や炭などが運び出された。

積まれた醬油樽の中に、龍野の淡口醬油があったのは嬉しかった。

正紀と植村は、深編笠を被り、蓑をつけている。動きやすいいで立ちで、河岸場の中心部へ出た。

まず、一軒しかない旅籠へ行った。下妻藩士や伊四郎、浪人者たちが泊まっている可能性は大きいと踏んでいた。女中に小銭をやって、話を聞いた。

「三人連れのお武家様ならば、お泊まりになっています。一昨昨日《さきおととい》からです」

朝になると出かけて、夜遅く帰って来るそうな。今はいない。

藩は分からないと、女中は言った。それで宿帳《やどちょう》を見てきてもらった。知り合いならば、挨拶をしたいと伝えたのである。

「宇都宮《うつのみや》藩の方です」

「そうか」

宿帳にはどうとでも書けるから、信じてはいない。下妻藩士の顔は遠くからだが、正紀も植村も昨日見た。もう一度見れば分かる自信があった。

「では、二人連れの浪人者と、人足ふうの者とが一緒に泊まっていないか」

「います、その三人は一昨日からです」

「それに三十代半ばの商人が近づくことはないか」

「さあ、それは分かりません」

この者たちも、夜にならなければ戻らないらしい。

伊四郎の姿は見かけないが、同宿を避けたということは充分に考えられる。柿岡河岸と高浜河岸を行き来して、太田黒と下妻藩士のつなぎ役もしているのではないかと思われた。

「どうせどこかの民家か、地蔵堂あたりで寝ているんですよ」

植村はそう言う。そうだとは思うが、一軒一軒、聞き歩くわけにはいかない。旅籠を出て通りを歩いたが、すぐに町はずれになった。そこで高浜屋が仮置き場にしている木置場へ行ってみることにした。

誰かに聞かなくても、場所はすぐに分かった。川から水路を引いて、一時的な木置場にしていた。河岸は狭いので、流されてくる丸太を置いたままにしては、他の荷船の停まる場所がなくなる。

そこで筏を組むまで仮置きする場として、設えられた。

とはいっても、取り立てて広いわけではない。五百坪ほどの土地に水路が引かれ、丸太が樹種や太さごとに積まれたり並べられたりしていた。周囲は一方が町で、三方は起伏のある雑木林に囲まれていた。

今しがた、丸太が流れ着いたばかりという様子で、二十人近い半裸の男たちが、水路を運ばれた丸太を引き上げていた。筏師なのか人足なのか、正紀には分からない。

降りやまない雨を、気にしている者は一人もいない。皆、濡れそぼっていた。

「それはこちらへ積め、あれは向こうの品に並べるんだ」

指図をしているのは喜三郎だ。男たちは丸太の扱いに慣れているらしいが、太いものになると手こずる様子だった。乱暴には扱えない。

少しでも粗末に扱うと、喜三郎の怒声《どせい》が飛ぶ。

そういう男たちに交じって、塚原と水澤の姿もあった。危ないから、近くへは寄れない。

根元の切り口である元口の太さが、横にして腰の高さまであるものもある。何人かで持ち上げても、誰かが手を滑らせて落とせば、とんでもないことになる。足の骨を折るくらいでは済まないだろう。

そもそも慣れない者がいては、仕事の邪魔になる。

ただ男たちには気迫がこもっていた。梃子《てこ》を使って巧みに持ち上げる様は、手妻《てづま》を見ているようだ。太い丸太が、あれよあれよという間に積み上げられていった。

正紀も、思わず仕事ぶりに引き込まれた。

だがこのとき、すぐ近くから声がかけられた。叱責する響きが、混じっていた。

「その方ら、何をしているのか」

塚原が、こちらに顔を向けていた。不審者として、誰何《すいか》してきたのである。正紀はさりげなく、深編笠で顔が隠れるようにしている。植村も、同様だった。

顔を見せるわけにはいかない。東国三社を巡っているはずの者がここにいたとなれば、後が面倒だ。この場は治まっても、必ず建部や正棠に伝えられる。

「面体《めんてい》を、見せよ」

塚原は近寄ってくる。油断はしていない。動きに無駄がなく、微塵《みじん》も隙をうかがわせなかった。剣の手練れだということを、改めて思い出した。

昨日鯉川で、下妻藩士の邪魔をした者と、疑っているかもしれない。話は、すでに伊四郎あたりから聞いているだろう。これまでに向けられたことのない、執念といったものを感じた。

じりじりと寄ってくる。すぐに五、六間の距離になった。

ここで逃げ出すのは、かえって不自然だ。人足たちも集まってくるだろう。

けれどもここで、もう一人の侍が駆け寄ってきた。

「塚原殿」

と声をかけたのである。水澤だった。状況に気がついて、駆け寄ってきたのだ。

塚原は、その声を無視した。腰の刀に手を添えている。敵意に燃えた眼差しを向けて、さらに前に出てきた。正紀ではないかと察して、正体を暴こうとしているのかもしれない。

「聞こえぬか、塚原殿」

しかしもう一度呼び止められて、振り返った。水澤の口調に激しさが増している。塚原にあった、気迫がそれで消えた。

「打ち合わせをいたしたい。お越しいただこう」

水澤の言葉に、塚原は苦々しい顔で頷いた。

正紀と植村は、顔を深編笠で隠したまま、その場から立ち去った。走ったりはしない。たまたま通りかかった侍が、仕事ぶりを見ていたという形にしたのである。

「塚原は、我らが何者か、気づいたのではないでしょうか」

「そうだな。その方の巨体は、人の目につくからな」

正紀が言うと、植村は困惑の表情を浮かべた。しかし正紀は、植村を責めたわけではなかった。

「顔さえ見られなければ、それでいい。知らぬ存ぜぬで通せばよいのだ。巨体の者など、探せばいくらでもいるだろう」

正紀と植村は、水路の外れから作業の様を見続けた。さらに丸太が届いて、仮置き場へ移された。丸太が積み上げられていく。

夕方には、すべての丸太が届いたらしかった。喜三郎は、丸太の山ごとに慎重に縄をかけさせた。転がり落ちないようにするためだ。

江戸店の木置場で、材木を倒された苦い経験がある。

薄暗くなって、仕事を済ませた男たちが引き揚げて行く。喜三郎と塚原も、話をしながら引き揚げて行った。

最後になったのは、水澤である。正紀は朽ちかけた物置小屋の陰から、声をかけた。水澤は、それを待っていた。

「やり取りでお気づきになったと存じますが、材木はすべて調いました。あすは早朝から筏を組み始め、高浜河岸へ出立いたします」

「すると今夜か明朝、何か企むかもしれぬな」

「襲ってきますよ。きっと」

植村が口を挟んだ。

「私ら三人は、この仮置き場に近い筏師の家に泊まります。何があるか、分かりませぬゆえ」

「おれたちも、ここの近くに身を潜めよう」

「では、そこの家にお入りください。高浜屋に出入りしている樵の縁者の住まいでございます」

水澤は、一軒のしもた屋を指差して言った。喜三郎と相談をして、仮置き場に近い知り合いに一夜の宿を頼んだのである。高浜屋は、このあたりでは知らぬ者のいない材木問屋だ。その程度のことは、すぐにできる。

夕暮れになって、降り続いていた雨がようやく止んだ。雨に濡れた丸太に火はつかないが、何をされるかは見当もつかない。

丸太の傍で事に備えるのは、避けられなかった。

五

正紀は、寝床に入って足を伸ばして寝た。しかし熟睡はできない。気が張っているから、物音がすればすぐに目を覚ました。刀は、枕元に置いていた。

仮置き場から人が歩く気配が伝わって来て、正紀は目を覚ました。隣の部屋で、植村が鼾《いびき》をかいている。それとは異なる、微かな音であり空気の流れの乱れだった。

起き上がった正紀は、枕元の刀を摑んだ。寝間着のまま、腰に差し込んだ。物音を立てずに、しもた屋を出た。

外は暗い。しかし竈《かまど》の火を熾《おこ》している家が見えて、夜明けがそう遠くないらしいと感じた。

息をつめて、仮置き場全体を見回す。すると小さな明かりが、積まれた丸太の間に見えた。提灯を手にした男が、何かをしている。

正紀は手拭いを頭からかぶり、顎で結んだ。物音を立てぬように気を使って、男に近づいた。

男は、積まれた丸太の山を検めている様子だった。手で押したり、押さえの縄を引っ張ったりしている。一つの山が終わると、次の山に移った。

検めるだけで、悪さをしているようにはうかがえなかった。傷でもつけているならば、取り押さえて水澤に引き渡すつもりだった。

男は菅笠《すげがさ》を被っていて、提灯の明かりは淡い。正紀のいる位置から、顔の確認はできなかった。ただおぼろげに、体の輪郭は分かる。

伊四郎に違いなかった。

正紀は改めて、仮置き場全体を見回す。他に人の気配はない。伊四郎は後で何かをするために、事前の調べをしているのだと察した。

「あいつならば」

ひっ捕らえようと考えた。あるいは後をつけて、下妻藩士や不逞浪人との密談の様子を探る手もある。

気づかれて逃げられては意味がないから、慎重に近づいた。あと六、七間といったところで、菅笠の男は顔を上げた。提灯の明かりを吹き消したのである。正紀は、積まれた材木の陰に身を寄せた。

男は東の空に目を向けた。東雲《しののめ》の明かりが兆し始めている。男はそれで、材木の傍から離れた。水路に沿って歩き、仮置き場から出ようとしていた。

この時点で正紀は、男の顔を確認している。伊四郎の顔は見間違えない。

すると仮置き場の端にある物置小屋の脇から、塚原が姿を現した。二人は軒下に寄って、話をした。あたりに注意を払いながらの、ひそひそ話だ。

二人はときおり、材木の山に目をやる。

とはいえ、長話ではなかった。伊四郎はそのまま立ち去って行った。塚原はその場に残って、考え事をしている様子だった。

伊四郎をつけることはできなかった。

空が徐々に明るくなってゆく。喜三郎を始めとする人足らも、顔をそろえた。その中には、塚原や水澤の顔もある。総勢で二十人余りだった。

やや離れた物陰に、身支度を整えた正紀と植村が潜んで、周囲に目を凝らしていた。深編笠は欠かせない。

まず始める作業は、縛ってある縄を外して積んである丸太を水路に落とす。数本ずつが川へ運ばれたところで、筏が組み始められる。

「慌てるな。慎重にやれ」

声が飛ぶ。太い丸太を扱うときは、なおさらだ。崩れて転がったら、人の手では止められない。丸太の扱いを仕事にする筏師や人足は、そのあたりをわきまえている。

丸太が掘割に落とされると、ばさりと水が跳ね散った。

未明の伊四郎の動きからして、何か企むならばここだと正紀は踏んでいた。

喜三郎は、川と仮置き場を行き来する。筏の出来具合が気になるからだが、塚原はこの場から離れなかった。

半刻ほどで、三分の一ほどが運び出された。そろそろ、じっとしていることに飽きてくる頃合いだ。

「あれは」

正紀は呟いた。仮置き場の奥まったところに、太めの丸太が積まれた場所があった。

その手前の掘割で、男たちが作業を始めている。男たちが気を奪われているのは、掘割に落とす丸太に対してだ。

下ろした丸太を丁寧に転がして、堀端へ移す。

正紀が異変を感じたのは、仕事をする男たちの背後にある丸太の山の後ろ側だ。何かが動く気配を感じたのである。

「ろ、浪人者ですぞ」

正紀が指差す先に目をやった植村が、かすれた声を上げた。動く人の肩や袴の端が見えた。浪人者は二人で、人足ふうの男の体の一部も見えた。三人は、顔に布を巻いている。

やや離れたあたりには、旅姿の伊四郎もいた。三人の動きに、目をやっている。

その中の浪人者の一人が、脇差を抜いた。丸太を押さえる縄を切ろうとしているのだと知れた。切られて、三人の力で押されたら、さしもの丸太も崩れ落ちる。

丸太は直後に、脇で働く男たちへ襲い掛かるだろう。

江戸の高浜屋で番頭が材木が倒れて骨折をしたが、今回は巨木で、働いている者の数も多い。しかも集まって作業をしている。その真っ最中だった。

このままでは、必ず下敷きになる者が出て、死者が出るのは必至だった。

「離れろ。今からすぐに、材木から離れろ」

正紀は叫んで、丸太の山めがけて走った。しかし足を踏み出したときには、丸太を押さえていた縄は、裁《た》ち切られていた。

背後にいた三人が、一番上にある丸太を押す。ぐらりと揺れて、数本の丸太が崩れ落ちた。

作業をしていた男たちは、最初の正紀の叫びだけでは気がつかなかった。しかし丸太が崩れる気配には敏感だった。

「わあっ」

男たちは、その場から離れようとした。

このとき正紀は、崩れた材木の山の裏手に向かって駆けていた。助けに行くことは断念している。今いる位置からでは、間に合わない。近寄れば、かえって邪魔になる。死傷者が出ないことを祈りながら、逃げ出す伊四郎や浪人者などを追った。何としても捕えて、水澤に手渡したかった。

伊四郎ならば申し分ないが、他の者でも捕えて指図した者を白状させたいと考えていた。

ただ途中に丸太の山があり、掘割もあって妨げになった。すぐには近付けない。

この浪人らの逃走に、水澤も気がついた。腰の刀に手を添えて、追ってゆく。すでに鯉口を切っていた。

浪人者の一人に近づき刀を抜いた。

「やっ」

と裂帛《れっぱく》の気合とともに斬りかかった。振り返った浪人者も、同時に刀を抜いている。きんと、金属音が響いて、争いが始まった。

怒りに満ちた水澤は、容赦をしていない。相手の一撃を払いながら、相手の二の腕を目指して切っ先を突き出した。浪人者は慌ててよけようとしたが、浅く斬られた。

「殺すな。殺してはならぬ」

正紀はそう叫びながら、逃げて行く人足ふうやもう一人の浪人者を追った。その先には伊四郎が走ってゆく。

数間のところまで追いついたところで、侍が飛び出した。まず人足ふうに躍りかかった。塚原である。一瞬の早業で、腹を裁ち割ってしまった。

「ひいっ」

悲鳴ともいえない、微かな声を発した人足ふうの体が硬直した。裁ち割られた腹から鮮血を地べたに撒き散らしながら、その場に倒れた。

塚原はそれでも、動きをやめない。人足ふうが倒れる姿に目をやらず、襲い掛かって行ったのは、水澤が相手をする浪人者だった。小さな体が、鉄砲玉《てつぽう》のように見えた。

水澤は捕えようとしているから、強引な攻めはしない。しかし塚原は、初めから殺す気だった。

「やっ」

肩先を目指して、ばっさりやった。驚愕の顔を向けたその胸に、さらなる一撃を加えた。

「斬らずに捕えろ」

水澤が声を上げたが、遅かった。血飛沫を上げながら、浪人者は倒れた。塚原は、返り血を浴びないように、一瞬で脇に身をかわした。

「不届き者は、許せぬ」

鬼気迫る顔で、塚原は言った。隠し持っていた凶暴さを現した一瞬だった。

正紀と植村は、伊四郎ともう一人の浪人者を追ってゆく。しかし瞬く間に二人を斃《たお》した塚原の動きに面食らううちに、間を開けられてしまった。

逃げ足は速い。伊四郎たちは仮置き場を出て、町の中へ紛れ込んでしまった。

水澤は、正紀らが潜んでいたことは、初めから気づいていた。見つかりにくい場所を、あらかじめ伝えておいたのである。

正紀が声を上げたとき、丸太の山の後ろに人影があるのに気付いた。何をしているのかと目を凝らして、縄が切られたのが分かった。

曲者が来たと知って動いた。しかし「殺すな」という声は、聞こえた。だから捕えるつもりだったが、塚原が現れてできなかった。

幸いなことに、丸太の倒壊によって、軽傷を負った者はいたが、大怪我を負った者や死者はいなかった。

「ほんの少しでも、逃げるのが遅れていたら、複数の死傷者が出ていたことだろう」

喜三郎は、安堵の声を上げた。

伊四郎やもう一人の浪人者は、正紀や植村が追っていった。しかし間は開いていた。捕えられなかっただろうと、水澤は感じた。

浪人と人足ふうを斬殺した塚原だが、咎めだてをする者はいなかった。斬り捨てたのは、丸太の縄を切った者たちである。

「よくやってくださいました」

駆けつけてきた河岸場の役人や岡っ引きは塚原に、かえって礼の言葉を口にした。

仮置き場の近くまで戻った正紀と植村は、軽傷者が出ただけで、それ以上の被害者が出なかったことを聞いて胸を撫で下ろした。

「逃がしたのは悔しいですが、まずはよかったですね」

「まったくだ」

正紀がほっとしたのは、死者が出なかったことが第一だが、それだけが理由ではない。死人が出ては、材木は不浄の木となってしまう。本堂の改築に使われることはなくなる。建部や正棠は必ずそこを責めてきて、高浜屋を納入業者から外そうとするはずだった。

伊四郎や塚原は、それを狙っての動きをしたのである。

「浪人者と人足を殺したのは、口封じですね」

「そうであろう。逃げられないと、見込みをつけたのだ。捕えられて余計なことを喋られては、企みが潰えるからな」

敵ながら塚原は、頭も剣も使える男らしかった。

ともあれ、急場をしのいだ。しかしこれで、向こうの攻めが終わるわけではない。

腰に当てた手に、京が持たせてくれた印籠が触れた。正紀はそれを、ぎゅっと握りしめた。

六

死体の始末は、河岸場役人が行った。怪我人の手当ては、高浜屋の費用で行った。並行して筏は組まれ、昼四つごろには出来上がった。

正紀と植村は逃げた伊四郎や浪人者を捜したが、行方は摑めなかった。ただ旅籠に泊まっていた宇都宮藩士と称した三人の侍は、旅籠を出たと確認した。

筏は、すぐにも柿岡河岸から高浜河岸へ流される。当然、筏師一人で運ばせることはしない。

河岸場で長く暮らす力自慢の人足を、用心棒代わりに乗せる。さらに、喜三郎と水澤、塚原が乗った舟がつきそうという形にした。

もちろん、目立たぬように正紀と植村が乗る舟も仕立てて背後に回った。

「やつらは、二度しくじっているからな。次はもっと念を入れてくるだろう」

そう思うから、正紀も植村も油断はしていなかった。

筏と喜三郎らが乗る舟を、正紀と植村はつけた。しかし何事も起こることなく、高浜河岸に着くことができた。

高浜河岸では、何事も起こっていなかった。すでに喜兵衛の指図で、すべての材木が長さを揃えて六枚の筏に組まれていた。これらが縦に繋がれている。見慣れていない者には、驚くべき光景だった。

到着した筏は、その最先端に繋がれた。

正紀は離れたところから、その筏の様子を見ていた。そしておりおり塚原の顔に目をやった。遠くから見ている限り、大きな変化はうかがえない。ただ先頭に繋いだ筏に向ける眼差しに、ときおり怒りがこもるのを感じた。

七枚になった筏は、昼食後に高浜河岸を出る。

正紀と植村は、高浜屋の隣にある桶屋に入って昼食をとった。青山が訪ねてきて、今後の予定について知らせてきた。

「筏は、今日中に霞ヶ浦を抜けます。明朝、利根川の石納河岸にて、関宿へ向かう七百石船に繋ぎます」

経路は、往路と逆の道筋を辿《たど》る。利根川を上って関宿へ出て、その後江戸川を下る。筏は、川を下るのが本来の役目だ。しかし利根川は遡上《そじょう》するので、喜三郎は帆船の力を借りることにしたのだという。

「七枚の筏が、川を上る姿は壮観であろうな」

それは楽しみでもあった。

「まるで龍が、川を上るようではありませぬか」

植村も言った。

「七百石の帆船は、早朝に銚子を出ますので、石納河岸でこれを待つことになります」

「一夜明かすわけだな」

「そうです。それで筏については、人を雇って寝ずの見張りをいたします」

これだけ妨害があれば、喜三郎も念入りになる。

「柿岡河岸で、あるいは何かあると存じましたが、よもや丸太の山を崩すとは、非道な真似をいたしましたな」

話を聞いて、青山は仰天したらしい。腹を立てていた。

「太田黒は、その話を聞いてどのような顔をしたのか」

「やはりあの者は、存じていたのかもしれませぬ。驚きよりも、何もなくて当たり前。あったら高浜屋の責だ、というようなことを言っていました」

「なるほど二度のしくじりに、腹を立てているようにも思えるな」

正紀は言った。塚原は俯いたままで、それについては何も言わなかったらしい。

「それで正紀様は、いかがなされますか」

青山が尋ねてきた。

「我らは別の舟で、利根川まで筏を追おう。そして東国三社参りを済ませた形で、明朝に石納河岸で合流するといたそう」

中間の乙次郎は、東国三社参りの代参を済ませて、河岸の旅籠で待っているはずだった。

七枚の筏が、高浜河岸を出立した。筏師は三人乗っている。喜三郎と江戸からの四人が別の舟で、さらにもう一艘の舟に河岸の屈強な若者六人が乗り込み、筏と共に霞ヶ浦を南に向かった。

若者六人は、明朝まで筏の番をする。

正紀と植村も、やや離れてこれについてゆく。いよいよ帰路の旅となったのである。

石納河岸には、旅籠は一軒あるだけだ。乙次郎はその旅籠で、正紀と植村が現れるのを待っていた。

鹿島神宮や香取神宮、息栖神社の様子について、詳しく聞いた。三社の参拝について尋ねられて、何も答えられないのでは話にならない。また正紀の話と植村の話が食い違っても、本当に行ったのかと疑われる。

お神札についても検めて、両手を合わせた。

早朝、正紀を始めとする三人は、石納河岸の筏の停まる川岸へ行った。曇天で、いつ雨が降ってきてもおかしくない空模様だった。

七枚の筏は、高浜河岸では巨大に感じた。しかし利根川も下流といっていいこの場所では、見え方がやや変わった。

七枚の筏も、大嵐がきたら大河はぺろりと呑み込んでしまいそうだった。

すでに川端には、喜三郎はもちろん、太田黒や塚原、青山や水澤の姿も見えた。若い衆も健在で、筏を襲う者はいなかった。

「おお、これは井上様」

正紀に気がつくと、喜三郎は走り寄ってきた。これまでも傍にはいたが、これからは大っぴらに警護に当たれる。それが嬉しいらしかった。

太田黒や塚原も、傍へ寄ってきた。

「ご無事にお参りを済ませられ、何よりでございます」

「東国三社は、いかがでございましたか」

実際に正紀が三社を回ったと、信じているかどうかは分からない。特に塚原は、仮置き場で気づいたのではないかと感じている。しかしそれについては、二人とも、そぶりにも見せなかった。

正紀は、昨夜乙次郎から聞いた三社の話を、見てきたように伝えた。植村が、相槌を打った。

そうこうするうちに、七百石の帆船が川下から現れた。これには銚子の醬油や地廻り酒などだけでなく、木綿や真綿、蠟《ろう》、漆《うるし》、生薬といった東北からの品も積まれていた。江戸へ運ぶのである。

「どうして荷は、房州《ぼうしゅう》の海を経て、江戸の海に入らないのでしょうか。その方が、遠回りとなる関宿を経由するよりも、手っ取り早いと存じまするが」

植村は、腑に落ちないようだった。これは正紀に問いかけたのだが、傍にいた喜三郎が応じた。

「九十九里の海は、潮の流れの都合もあって荒れるのでございます。近くても、荷を流されては、商いは成り立ちません」

千石船でも危うい。利根川や江戸川を使った水上輸送は、安全面で外海とは比較にならないということらしかった。

船尾に、筏が繫がれる。

喜三郎は、帆船に乗った。

「井上様もどうぞ」

と勧められたが、何が起こるか分からない。

昨夜も、塚原は青山や水澤の目を盗んで、外出をした。伊四郎らと、打ち合わせをしたのは間違いない。

「いや。おれは、筏に乗るぞ。乗れないことはあるまい」

「それはそうでございますが、船とは違いまする」

喜三郎は案じ顔をした。大名家の世子を乗せるのには、憚りがある様子だった。

「かまわぬ。気にするな」

こうなると、他の者も帆船には乗らない。太田黒と塚原、青山と水澤、植村と乙次郎も筏に乗ることになった。

七百石船と筏は、石納河岸を出立した。このとき正紀は、土手の周辺を何度も見回したが、不審な者の姿はうかがえなかった。

荷船が帆を立てると、筏も勢いを増した。ぐいぐいと川を遡って行く。

「おおっ、これは」

真っ先に、植村が声を上げた。筏の上は、船の上とはまったく違う。一気に揺り上げられ、すとんと落とされる。左右の揺れも激しく、水飛沫を直に受けた。

「気をつけろ、落ちるなよ」

正紀は声をかける。水練は子どもの頃から得意だったが、泳ぎの苦手な植村は、材木を繋ぐ蔓に常に手をかけていた。よほど怖いらしかった。

濡れた丸太は、滑りやすい。場所を移ろうとした乙次郎が、足を滑らせた。慌てて正紀が、その腰を摑んだ。

「も、もったいないことで」

乙次郎が、礼を言った。

流れは、急なところばかりではない。緩やかなところへ出ると、一同はほっとした。

一刻ほどして、高岡河岸の前を通り過ぎた。

第五章　信明の裁き

一

　正広は、愛宕《あたご》下大名小路にある下妻藩上屋敷の世子の御座所で、落ち着かぬ気持ちで時を過ごしていた。書物を読んでも、頭に入らない。外は小糠雨《こぬかあめ》が降っている。高浜河岸へ行った正紀や水澤がどうしているか。それを考えると、何もできない自分に歯痒《はがゆ》さを覚えた。

　そこへ勘定頭の八重樫平左がやって来た。正広にとっては、数少ない腹心の一人である。

「殿が、お忍びでお出かけのようです」

と伝えてきた。

藩主の正棠は格式を重んじるから、通常の外出の折は、供揃えを調え家臣を表門に並ばせる。家紋付きの腰網代《こしあじろ》の駕籠で、世子の正広も玄関まで見送りに出なければならなかった。

しかし、それらの一切ないお忍びの外出もあった。

目立たないお忍び駕籠を使い、供侍の数も絞られた。屋敷内には伝えられず、正広も知らないうちに姿がなくなっている。

いなくて困るわけではないが、どうせ今度も遊びか、建部らと悪巧みの打ち合わせだろうと予想していた。先日の下屋敷での伊四郎らとした打ち合わせのときも、お忍びの外出だった。

高浜河岸へ行った水澤から、昨日文が届いた。六本杉の筏流しで妨害があったことが、記されていた。

この知らせは、正棠の方にも行っているはずだから、お忍びの外出は、その対策や打ち合わせなのかと考えた。あるいは、とんでもない人物との対面なのか。

動きを探るのは、無意味ではない。だからこそ、八重樫もわざわざ伝えてきたのである。

こちらに与する家臣につけさせてもよかったが、自分が行こうという気持ちになっていた。雨が降っているが、気にならない。

正紀も、自ら霞ヶ浦まで出かけている。じっとしていることに、苛立ってもいた。腹心の家臣一人を伴って、蓑笠《みのかさ》をつけて裏門から外へ出た。表門の方へ回ると、ちょうど屋敷から、供侍四人を連れたお忍び駕籠が道へ出たところだった。間を空けて、つけて行く。

正棠の駕籠は、芝《しば》の町を貫く東海道《とうかいどう》に出た。芝口《しばぐち》橋方向に向かってゆく。雨天でも、それなりの人通りはあった。無宿人らしい者の姿も、折々見かけられた。

芝口橋を渡って、さらに真っ直ぐ進み京橋界隈へ出た。そして横道に入って進み続け、霊岸島を通り過ごして永代橋も越えてしまった。

辿り着いた場所は深川も東の外れ、木置場と江戸の海に挟まれた洲崎弁財天《すざきべんざいてん》近くにある升屋《ますや》という料理屋だった。味の評判もさることながら、瀟洒《しょうしゃ》な建物と手入れの尽くされた庭、二階からは江戸の海が一望できるという話だ。料理通でなくとも知らない者のいない店である。

明和《めいわ》期（一七六四～七二）以降、特に田沼《たぬま》時代には多数の料理屋が生まれて隆盛を極めた。日本橋室町《むろまち》の百川《ももかわ》、神田佐柄木《さえき》町の山藤《さんとう》、向島《むこうじま》の葛西太郎《かさいたろう》といった店とともに、升屋は江戸の人々のあこがれの店になった。

どれほど不景気なときでも、金はあるところにはある。これらの店の商いの様を見ていると、飢饉凶作などどこの世界の話かと思われてくる。お大名や大身旗本、豪商、江戸へ出て来た豪農や漁師町の網元といった分限者《ぶげんしゃ》たちが通っていた。

もちろん、正広もこの店の名を知っていた。しかし大名とはいっても、藩財政が逼迫する下妻藩の当主が出入りすべき店だとは感じていなかった。

藩士や領民は、日々生きるのにかつがつの暮らしを続けている。

「何ということだ」

もともと正棠は派手好きで奢侈《しゃし》な暮らしをしたがる人物だ。しかしそれにしてもこんな時期にと、正広は苦々しい思いで、店の門内に消えてゆくお忍び駕籠に目をやった。

様子を見ていると、辻駕籠やお忍び駕籠がやって来る。昼食どきだ。しかし正棠に縁のありそうな者の駕籠はなかった。

「誰と、会っているのか」

そこが知りたかった。いくら正棠でも、一人でこの店を利用するとは思われなかった。

「会っている人物を、聞いてまいりまする」

供の侍が、店に入った。しばらくすると憮然とした顔で引き揚げてきた。

「番頭に尋ねたのですが、あいすみませんと申すばかりで」

やって来た客の身許については、得体の知れない者には教えない。客の秘密は守るという、極上の料理屋の姿勢は納得ができた。

ならば、出てくる姿を見るまでだ。店の門からやや離れたところで、ときが過ぎるのを待つことにした。

何もせず、降りやまない雨の中でじっと待つのは辛い。しかし正広には、正紀の役に立たなくてはという気持ちが強かった。

一刻ほどして、門の奥から声が聞こえた。おかみらしい女と番頭が表通りに出て、見送る態勢を整えた。出て来たのは、供侍を従えた武家のお忍び駕籠だった。駕籠を担う陸尺《ろくしゃく》も供侍も、見覚えのある正棠の駕籠だった。そして続いて、また武家のお忍び駕籠が出て来た。

駕籠に乗る者の顔は見えないが、その供侍の顔に見覚えがあった。浜松藩の家臣である。乗っているのは、建部だと察した。

駕籠はそれだけだった。二人だけで打ち合わせをしたのだと思ったが、次に出て来た人物の顔を見て息を呑んだ。宮大工の棟梁宇左衛門だったからだ。

宇左衛門は根っからの宮大工で、建部や正棠と与する者ではないと考えていた。こちらは辻駕籠に揺られて引き上げた。

正広は目撃した事実を、どうしたらいいか分からなかった。そこで北町奉行所へ行って、与力の山野辺に伝えた。

正広から話を聞いた山野辺は、その日のうちに升屋へ行った。

宇左衛門は頑固な職人気質の者だと、正紀から聞いている。自ら建部や正棠に靡《なび》くとは考えられなかった。ならば二人が、棟梁の宇左衛門を籠絡《ろうらく》しようとしたのだと見当がつく。

名の知れた料理屋へ招いた、というのも納得がゆく。

それで宇左衛門がどういう反応をしたか、小佐越屋がこれに関わっているのか、知りたいのはその二点だった。

山野辺は定町廻り同心ではないから、着流しに三つ紋の黒羽織を身につけてはいない。羽織に袴だが、腰には十手を差している。話を聞いたおかみも番頭も、物腰は丁寧だった。

「まことに申し訳ございません。お客様のお許しもなく、お座敷にどなたがおいでになったかは、お話しすることができません。ひらにご勘弁を願いたく存じます」

と言われた。客は大名だと分かっているから、なおさらだ。町奉行所の与力程度では話せない、ということなのかもしれなかった。

とはいっても、町奉行所を敵に回すつもりもないらしかった。下足番や配膳を行った仲居については、話を聞いても構わないと言った。

店としては喋らなかった、という形にしたい様子だった。

下足番は、六十代も半ばを過ぎたとおぼしい老人である。

「お供の侍や駕籠舁《か》きの方々は、別の部屋で宴《うたげ》が終わるのをお待ちいただきます。履物をお預かりしたのは、三人様でございました」

下足番は名ではなく、顔で覚えている。一緒だったのは、身分の高い侍二人と職人の頭といった風情の者だった。

仲居は、中年の目がくりくりとした活発そうな女だった。気働きもできそうに見える。

「なさっていたお話の内容は、分かりません。私が部屋へ入ると、やめてしまわれますから」

食事をしたのは三人だ。

「座敷の様子は、楽し気だったのか」

「さあ。親方ふうの方は、渋い顔をなさっていたようにも見えましたけど」

少し考える様子を見せてから応じた。

高浜屋が搬入する材木に難癖をつけ、小佐越屋に替えようという話ならば、宇左衛門はいい顔をしないだろう。ただ、金が動いているならば別だ。

それと、もう一つ気になることがあった。料理の代金を誰が払ったのか、という点である。升屋なら、目の飛び出るような額になっているのではないか。

「お代は、その三人からではありません。別間に控えていらした四十代後半の、商家のご主人でした」

「小佐越屋文吾左衛門ではないか」

「そうです。その方です」

仲居は明るい顔で答えた。

翌日、山野辺は南八丁堀の宇左衛門の住まいを訪ねた。宮大工の作業場に入るのは初めてだ。宇左衛門は不機嫌そうな顔で、配下の職人たちに指図をしていた。

「昨日、升屋で下妻藩の殿様と浜松藩の江戸家老に会ったな」

と告げると、ややどきりとした顔になった。しかしそれは、すぐに強面の眼差しの中に吸い込まれた。

「ええ、会いましたよ。誘われましたんでね。浄心寺の檀家総代ですから、声掛けをされたら断れませんぜ」

それはそうだと思われた。

「どのような話をしたのか」

と問うと、じろりとした眼差しを向けてきた。頑固者らしい面差しでもある。

「いくら町方のお役人でも、これは寺の普請の話ですから」

話せない、という決意が伝わってきた。

ただ言葉は、それで終わったわけではなかった。

「おれは、決めたことは変えねえ」

と続けた。しかしこれは、山野辺に言うというよりも、己に言い聞かせているようにも聞こえた。

「飲食の代金を、だれが払ったか知っているか」

と尋ねると、またしてもどきりとした顔になった。

「檀家総代では、ねえんですかい」

「小佐越屋文吾左衛門だ」

山野辺が言うと、宇左衛門は小さな呻き声をあげた。

曇天から、ぽつりぽつりと雨粒が落ちてきた。

二

日が暮れる前から、雨が降り始めた。筏に乗っていては雨宿りのしようがない。筏師はもちろん、正紀ら同乗者たちも濡れるに任せて乗り続けるしかなかった。

通り過ぎる船や筏は少なくない。ときには、人だけを乗せる舟も現れる。正紀は近づいてくる一艘一艘に注意を払っていた。

帆船が荷下ろしをする場所では、筏も止まる。土手に上がることもできるから、植村はそれでほっとするらしかった。

ただ正紀にしても他の者にしても、周辺への注意は怠らない。

取手河岸で昼飯を食べ、鬼怒川の河口を右手に見て通り過ぎた。雨は止みかけたかと思うと、また降ってきた。土手がすっかり夕闇に覆われたとき、帆船と七枚の筏は関宿へ着いた。

帆船と切り離された筏は、利根川と江戸川が交わるところまで運ばれて、ここから筏師の手によって江戸川を下ってゆく。筏は繋がれたままだが、筏師は三人いて適度に場所を変えて操ってゆく。

動きを見ていると軽快だ。先頭に立つのが貞次《さだじ》という中年の筏師で、これが頭だった。

貞次らを一晩休ませて、筏は翌朝関宿を出る。

「私は、丸太の受け入れの支度をしなくてはなりません。今夜出る六斎船で、一足先に江戸へ戻ることにいたします」

と喜三郎は少しほっとしたような面持ちで告げた。

「分かり申した。それがしらが守って、江戸まで送りもうす」

そう言ったのは、塚原だった。

喜三郎は、不安げな眼差しを正紀に向けた。

「おれたちは江戸まで、筏に乗ってゆく。誰にもじゃまだてはさせぬ」

「そうだ」

植村が応じた。

この夜も、信頼できる船問屋に頼んで、見張りの者を出してもらった。宿も、筏を繋いだ場所の近くに取った。

喜三郎は六斎船に乗って、夜のうちに関宿を発った。

太田黒と塚原は、正紀はもちろん、青山らとも違う部屋に入った。太田黒の希望どおり部屋割りを決めた。

　正紀が自室で旅装を解いてから、青山たちの部屋に入ると、青山と水澤が話をしていた。

「下妻藩の三人や伊四郎らも、この関宿にいるのだろうな」

「それはそうだろう。襲う好機を探しているのに違いない」

　二人のやりとりに、植村が加わった。

「やつらを捜したいところですが、ここで捜すのは無理でしょうな」

　関宿城下は、高浜河岸や柿岡河岸とは建物や人の数が違う。旅籠の数も桁違いだ。

「今夜、塚原か太田黒か、どちらかは必ず動くぞ。見張りを怠らぬようにいたそう」

　正紀は三人に告げた。


　植村は建物の外に出て、裏口の軒下の暗がりに身を潜めた。夕方、ひとしきり降った雨は止んだ。

　玄関先は、青山が近くの空き部屋に身を潜めて見張っている。水澤は表の通りに出て、外からそれらしい者が近づくのを見張っていた。

　すると予想通り、塚原が裏口から外へ出てきた。植村はこれをつけた。青山や水澤に伝えたかったが、それはできない。

路地を通って、表の通りに出た。ざっとあたりを見回したが、外にいるはずの水澤の姿は見当たらなかった。塚原を、一人でつけて行く。

すぐに人通りの多い場所に出た。水陸交通の要衝というだけあって、船頭や人足とおぼしい者や、旅人らしい者の姿が多かった。酒を飲ませる店は繁盛している。

女が客引きをしている店もあった。

塚原は脇目も振らず歩いて、いくつか角を曲がった。行く当ての定まった足取りで、振り向くことはなかった。

植村は、ついてゆくのが精一杯で、今歩いている場所がどのあたりなのか見当もつかなかった。

そしていつの間にか、船着き場の納屋の裏とおぼしい場所に来ていた。

「おかしいぞ」

ここで気がついた。

塚原や太田黒にしてみれば、不審な動きを悟られたくないと考えるのが当然である。また薄々でも、何か気づかれていると感じているならば、見張られているかどうかについては何よりも注意をするはずだった。しかし疑う気配は、初めからまったくうかがわせなかった。

この方が、よほど不自然だ。

そう思って立ち止まったとき、横道の暗がりから三人の覆面の侍が現れた。身なりは浪人ふうだ。行く手を阻まれた。塚原は、そのまま先へ歩き去ろうとしていた。

「やられた」

と奥歯を噛むが、どうにもならない。まんまと誘《おび》き出されたのである。

「その方ら、何者だ」

植村は腰の刀に手を添えながら言った。下妻藩士ではなさそうだ。三人はすでに、刀の鯉口を切っている。押寄せてくるのは、強烈な殺意だった。

ここで倒されたならば、誰の仕業か特定できない。納屋の裏手で、目撃者もいない。正紀にしても、どうすることもできないだろう。

三人の侍は、何も答えない。植村を囲む形になって、刀を抜いた。

植村も、慌てて刀を抜いた。巨漢で、膂力《りょりょく》には自信がある。しかし剣術は駄目だった。とはいっても、怯んではいない。剛腕は、刀に勝ることもある。

「やっ」

正面の敵が斬りかかってきた。心の臓を貫こうとするような、激しい突きだった。

植村は身を斜めにしながら前に出て、迫ってきた刀身にこちらの刀をぶつけた。がしゃりと鈍い音がして、押し合いになった。

力押しならば負けない。けれどもこの後の技は、相手に一日の長があった。

すっと敵の刀身が引かれている。押す相手が消えて、植村は体の均衡《きんこう》を崩した。足を踏みしめ、体勢を立て直すのがやっとだった。

相手は体勢充分のまま、鋭い一撃を肩先を目掛けて放ってきた。

植村は刀で払ったつもりだが、大振りになった。しかもこちらの体は大きいから、狙いどころも大きい。

ちりとした痛みが、肩先をかすった。とはいっても、それは浅手だ。植村は攻撃に転じようとした。しかし横にいた敵が、刀身を振り下ろしてきた。

すでに切っ先が目と鼻の先にある。払い上げようとするが、間に合わないのはあきらかだった。

植村は斬られることを覚悟した。だがこのとき、振り下ろされた刀身を、払い上げた者がいた。さらに一瞬の後には、体を斜め後ろに飛ばして、他にいる侍に切っ先を向けたのである。

「ご無事か」

「もちろんだ」

助太刀に入ったのは、水澤だった。自分の後をつけてきていたのだと気がついた。一人ではないと分かると、威勢の良い声が出た。逃げるのではなく、負けないぞという気持ちになっている。

体勢を立て直して、賊に刃を向けた。

刀を払い上げられた侍は、いきなりの助太刀に驚いたらしい。水澤は、いったん引いた刀身を前に出して、向かい合う敵の小手を突こうとしている。

相手は、身を引いてこれをかわした。そしてそのまま脱兎《だっと》の勢いで、この場から駆け出した。他の者も、これに続いた。

あっという間に、闇の中に紛れ込んでしまった。

「かたじけない」

刀身を鞘に納めながら、植村は水澤に礼を言った。

「塚原が歩き去るのは見えなかった。しかしそなたの後ろ姿は、すぐに分かった。目立ちますからな」

にんまりと笑った。

塚原には一杯食わされたが、かすり傷一つで済んだのは幸いだ。三人の侍は、この地で雇われた浪人者だったのかもしれなかった。

「あいつらは、つけさせて暗がりにおびき寄せ、殺そうとした。こちらの人数を、一人でも減らそうとしたのでしょう」

「怪しまれていることを、どこで気づいたかは分からぬが、逆手に取ったやり口だ。したたかなやつらだぞ」

植村の言葉に水澤が応じた。

三

江戸でも雨は夕方で止んだ。翌朝には、日も差し始めた。

宇左衛門は下谷にある寺へ、雨で途中になっていた修繕の仕事に出かけた。ここのところの雨で、仕事が進んでいなかった。

「軒下も、雨で濡れていますね」

片腕として使っている職人頭が言った。滑りやすいので先延ばしにしたいところだが、仕上げの日が迫っていた。ここが済んだら、浄心寺の仕事にかからなくてはならない。

そう考えると、せめてできるところだけでも、やってしまいたかった。

この寺の本堂は、屋根の一番高い棟木《むなぎ》から桁にかけて斜めに取り付けられる垂木《たるき》が二重になっている。その丸桁の真上にある目立つ部分の地垂木《じたるき》の一部に腐食があって、修理の途中だった。

下から見上げて、重厚さを演出する装飾の一つでもあるので、今回の修理の眼目の一つになっていた。雨が止んだらすぐに取り掛かろうと、職人たちとも寺の者とも話をしていた。

「せめてあそこだけは、今日中にやってしまいてえな」

「へえ」

腐食部分を取って、新たな部分と入れ替える。この仕事は熟練の技が必要で、誰かに任せるわけにはいかない。宇左衛門と職人頭が、高いところに上ってする仕事だった。

足場は組まれている。慣れているから、下から見上げた素人が怖れるほどのことはない。ただ昨日の雨で、まだ足場は濡れている。

「どうぞお気を付けくださいまし」

見物に来た僧侶が、宇左衛門に言った。

　職人や見習が見上げる中、宇左衛門と職人頭が足場を上ってゆく。確かな動きで、濡れていることを気にする気配はなかった。瞬く間に、垂木の近くまで上った。まずは腐食した部分を取り外す。他の部材とも絡むから、強引に抜き出すわけにはいかない。

　足場は、地垂木のすぐ下までは組まれていない。この作業をするには、垂木を受ける桁に足をかけなくてはならなかった。

　危なげなく上った宇左衛門だが、そこで足を滑らせた。

「ああっ」

　誰の目にも、思いがけない出来事だった。手をかけた先は、朽ちかけた地垂木だけである。人を支える力はない。真っ逆さまに落下すれば、命はない。

　見上げていた者は息を吞み、体を強張らせた。

　だがこのとき、傍にいた職人頭の動きが素早かった。とっさに宇左衛門の帯を右手で摑んだ。左手は朽ちていない隣の地垂木を握っている。足は桁を支える舟肘木《ふなひじき》にかけられていた。びくりともしない。

　宇左衛門は、命拾いをしたのである。

　その後の宇左衛門の動きは、迅速《じんそく》で確かだった。脇にある桔木に手をかけた。職人頭が手を離すと、足場に身を移して、あっという間に地上へ降り立った。

「で、大丈夫《でえじょうぶ》でしたかい」

「まずはよかった」

職人たちが身を案じ、見上げていた僧も大きく頷いた。

「雨水で濡れていて、滑ったのでしょうか」

僧が問いかけた。下にいた者には、そう見えた。

しかし職人たちは、腑に落ちない顔をしていた。足場が濡れているくらいで、宇左衛門は足を滑らせる職人ではないからだ。

「誰かが桁に、油をかけていやがった」

宇左衛門は、怒りの顔で言った。居合わせた者たちは、顔を見合わせている。

「間違いねえ。ほら、このとおり」

後から降りてきた職人頭が、掌を一同の前に突き出した。べっとりと油がついている。桁の油を確かめてきたのである。

「今日、あの地垂木の修理をすることは、誰もが知っていた。棟梁を落とすために、足をかけなくちゃならねえあそこに、油をかけやがったんだ」

憤然とした面持ちで、職人頭が続けた。

「誰なんですかい。いってえそいつは」

と、職人の一人が口にすると、宇左衛門は顔を赤黒くして、唇を嚙んだ。


前日、山野辺は宇左衛門と別れた後、小佐越屋へ足を向けた。伊四郎がいない間、何か仕掛けるならば、文吾左衛門が自ら動くだろうと見込んでいた。

店の手代や小僧には悪巧みの内容は伝えていないはずだ。悪事が漏れれば、店の存亡に関わるからだ。

深川洲崎にある升屋で、建部と正棠、それに宇左衛門の集まりがあった。宇左衛門に成り行きを尋ねたが、詳細は語られなかった。

ただ仲居から聞いた話も含めて考えると、宇左衛門は建部らの求めを受け入れてはいない様子だった。その詳細は予想するしかないが、高浜屋が運ぶ材木に難癖をつけようと企んだかもしれないと山野辺は考えている。

太田黒や塚原、伊四郎などの企みがうまくいけばいいが、無事に丸太が江戸へ運ばれては、小佐越屋の出る幕がなくなる。その備えとして、建部や正棠は奸計《かんけい》を巡らせた。

たとえば運ばれた材木を劣悪な品として拒絶し、高浜屋を納入業者から外すという手立てだ。ただそのためには、宇左衛門の証言が必要不可欠になる。

宇左衛門が、建部らの申し出を拒絶したと山野辺は考えている。となると、何事もないでは済まない。宇左衛門の身に何かが起こる。

それを仕掛けるのは、建部や正棠の配下ではないと山野辺は踏んでいた。

雨の中、店を見張った。昼過ぎになって、文吾左衛門は店を出た。

山野辺はこれをつけた。商いのための外出ならば無駄足になるが、きっと何かあると思っている。高浜河岸の正紀から、材木が調ったという知らせが、すでに高岡藩邸に届いたと佐名木から知らされていた。その報は、当然建部や正棠にも伝わっているだろう。

「やつらにしても、正念場だ」

山野辺は呟いた。

最初に出向いたのは、小名木川沿いの材木問屋仲間の家だった。これまで一度も一連の出来事に関わってこなかった店である。長居はしないで出てきた。商いの用だと推察した。

次は、大川に沿った道を川上に向かってゆく。御舟蔵《おふなぐら》を通り越して竪川も渡った。

立ち止まったのは、東両国の広場の手前の町である。

晴れれば賑わう広場だが、雨の今日は屋台店も出ていない。仕事にあぶれた人足や無宿人といった気配の男たちが、建物の軒下に座り込んでいた。

文吾左衛門が立ち止まったのは、鳶《とび》の親方の家の前だった。雨だからか、家の出入り口付近では若い衆が所在なげに喋ったり、居眠りをしたりしている。

文吾左衛門は、その一人一人に目をやって顔を確かめた。誰かを捜しているらしかった。

しかしここにはいないらしく、若い衆の一人に声をかけた。男は家に入って、三十歳前後の小柄ですばしっこそうな身ごなしの男を連れてきた。

二人は家を出て、東両国の広場に面した蕎麦《そば》屋へ入った。酒ともり蕎麦をとった。二人で何かを話している。話の途中で、文吾左衛門は男に紙に包んだ金子らしいものを与えた。受け取った男は、すぐに袂に落とし込んでいる。

蕎麦屋にいたのは、四半刻ほどだ。

酒食の代金を払ったのは、文吾左衛門だった。二人は店の前で別れた。文吾左衛門は、来た道を戻ってゆく。男は、商いをしている煮売り酒屋へ入った。懐が温かくなって、飲み直そうという腹らしかった。

山野辺は、鳶の親方の家の前に戻った。

「少し前に、商家の旦那ふうと出かけて行った者の名は何というのか」

若い衆に尋ねた。

「あれは縞造《しまぞう》さんです」

そう教えられた。

四

植村が襲われた話は聞いていたので、夜半正紀は何度か目を覚ました。他の者も交代で、夜の見廻りを行った。その折は、必ず二人で歩くことにした。

喜三郎が雇った男たちも、交代で土手を見張っている。油断はしていない。

ここまでくれば、もう少しでこの旅も終わる。それまでのことだと、一同気を張っていた。

何事も起こらないうちに、東の空に明るさが兆してきた。

腹ごしらえを済ませると、筏師三人と太田黒に塚原、正紀に植村、青山に水澤、そして乙次郎が筏に乗り込んだ。伊四郎らは、浪人者を新たに雇った模様だ。下妻藩士と合わせれば、こちらの人数を凌ぐ。

青山も水澤も、それが分かっているから気合を入れている。植村は持ちやすい丸太を、どこかから調達してきていた。刀より、そちらの方が使いやすいらしかった。

塚原は、昨夜そう遅くならないうちに外出から戻ってきた。正紀と廊下で出会ったが、何事もなかったふうを装っていた。

朝になっても、様子は変わらない。塚原も太田黒も、昨日の朝から、無口になっている。用がなければ話しかけてこなくなった。正紀も、気軽に話しかける気持ちにはなれない。

どこかで、ぶつかることになるだろうと予想はしていた。

頭の貞次が、先頭の筏に乗り込んだ。あとの二人は、七枚の間を行き来する。問題が起こればそこで作業をする。三人にはそれぞれ分担があるらしかった。

太田黒と青山が一枚目に、他の者が二枚目に乗り込んだ。筏は、川の中心へ滑り出た。

「これは、すごいぞ」

すぐに植村が声を上げた。丸太を繋ぐ蔓に手をかけている。

筏の川下りは、上りよりも激しい動きをした。速い遅いが急で、いきなり水がばさりとかかってくる。すぐに一同は、ずぶ濡れになった。

岸辺の景色が、瞬く間に後ろへ飛び去ってゆく。

かと思うと、川幅が広がって流れが緩くなると、筏の動きも穏やかになった。ほっとする瞬間だ。この隙に、小用を済ませる。落ちないように、用を足している間は、他の者が後ろで帯を握っておいてやる。

乗っている者は皆、周囲に目をやっている。景色を見ているわけではない。流れが激しいときも、そうでないときも、賊がいつ襲ってくるか分からない。少しでも早く気がついて、待ち構える態勢を取りたいと考えるからだ。

もちろん太田黒や塚原の様子にも目を光らせている。何か起こるときには、それなりの動きを見せるはずだ。

一刻半近く過ぎた頃、左岸に大きな蔵の並ぶ河岸場が見えてきた。

「正紀様、あれが野田河岸でございます」

青山が声をかけてきた。

「ならばあれは、醬油蔵だな」

往路のときは、夜だったので見られなかった。筏を止めるわけにはいかないが、そう遠くないところで建物の様を目にできたのは幸いだった。

たまに人だけの舟が現れるとどきりとする。しかし何事も起こらないまま流山《ながれやま》河岸に着いて、昼飯を食べた。流れが止まるとほっとするが、襲われる危険も大きくなる。

急流を下るとき以上に、気を使った。

四半刻ほどの休憩で、筏は再び流れに乗る。そして緊張を緩めぬまま、松戸と市川を過ぎた。

「そろそろ、下総行徳ですね。もう、襲ってこないのでしょうか」

植村が、太田黒や塚原に目をやりながら言った。いま二人は先頭の筏にいる。正紀らは二枚目に、三枚目の筏に青山と水澤が乗っていた。

「いや、そろそろかもしれぬぞ」

と正紀は感じている。市川で休憩したとき、塚原はそれまでいた二枚目から、先頭の筏に移っていた。

流れが激しくなってきた。蛇行する川は、一丁先（約百十メートル）を見晴らせない。そしてついに、人だけを乗せた舟二艘が現れて筏に近づいてきた。一艘には侍が三人。そしてもう一艘には、浪人者が三人と旅の商人といった身なりの男が乗っていた。

いずれも皆、顔に布を巻いている。襷《たすき》掛けもしていた。

「現れたぞ」

叫んだのは、正紀だけではない。青山の声とも重なった。

青山と水澤は素早く刀を抜いた。乙次郎も、腰の長脇差を抜いている。植村は、用意していた丸太を握りしめた。

「乗り込んできたら、これで叩き落としてやる」

植村は眦《まなじり》を決している。関宿では命を狙われた。その怒りが、腹にあるのだろう。

正紀も刀を抜いた。いよいよとなれば仕方がないが、賊は殺さず生け捕りにしろと命じてある。伊四郎はもちろん、下妻藩士を捕えることができたら、正棠の立場は悪くなる。さらに太田黒と塚原の関与が明らかになれば、建部と組んだ不正も暴かれる。

下妻藩だけの問題ではない。

井上一門の大事件となる。

浪人者が乗った舟が、三枚目の青山らが乗る筏にぶつかった。勢いがついていたから、大きな衝撃だった。二枚目の筏もばさりと水を被って大きく揺れた。

抜刀した浪人者が、筏に乗り移ってくる。

「何の」

応ずる青山と水澤の顔は、憤怒《ふんぬ》に燃えていた。

「わあっ」

最初に乗り込んだ浪人者を、青山は一刀のもとに斬りつけた。肉と骨を裁つ音がして、浪人者は呻き声を上げながら川へ転がり落ちた。

他の浪人者たちは、それでも怯まない。青山と水澤に向かってゆく。

そして三人の侍が乗った舟は、筏の反対側の二枚目と三枚目の間にぶつかってきた。これも大きな衝撃になった。川の流れもあるから、足を踏ん張っているのがやっとだった。抜刀した侍たちが乗り込んでくる。

丸太を振るうはずだった植村だが、身動きができなかった。

「くたばれっ」

侍の一人が、正紀に斬りかかってきた。足場のしっかりしない筏の上でも、体も刀身もぶれない。なかなかの腕利きだと思われた。

正紀は下から刀身を撥ね上げる。胴に隙ができたところを抜こうとしたが、相手は体を反転させて、こちらの一撃を刀で払った。

ただ直後の反撃はなかった。

手堅いが、動きにゆとりがあるわけではなかった。攻めに転ずるには、足場に不安があり過ぎた。樹皮が濡れた丸太は滑りやすい。

「たあっ」

正紀は刀身を休ませず、相手の二の腕へ向けて突き上げた。ざっくりと裁ち割った手応えが、切っ先から伝わってきた。相手の刀が宙に飛んだ。

正紀は、ぐらつく相手の太腿《ふともも》も斬りつけた。侍は立ってはいられない。筏の上に崩れ落ちた。

このとき、乙次郎が侍の一人に追い詰められていた。乙次郎はすばしこいが、さすがに修練を積んだ侍にはかなわない。筏の端に追い込まれたがその助勢に入ったのは、青山だった。すでに青山は、浪人者の一人を倒している。

峰で肩の骨を砕いたらしく、浪人者が筏の上に転がって呻いていた。水澤も、浪人者を追い詰めているところだった。

ここで、正紀が声を上げた。

「な、何をする」

かすれた悲鳴のような声になったのが、自分でも分かった。伊四郎とおぼしい男が、三枚目の筏と四枚目の筏を結ぶ縄を切ろうとしているのだった。

結んでいるのは一本だけではないから、すぐには全て切れない。しかし、手を休めることもなかった。

後ろ四枚の筏を切り離して、筏ごと奪い取ろうとしているのである。

「止めろ」

正紀は駆け寄った。足が滑りそうになるが、かまっていられなかった。他の者の争いにも、かまっていられない。

そしてようやく、一間（約一・八メートル）の距離まで近づいた。

見ると筏師の一人が、足を斬られたらしく、膝をついて立ち上がれないでいる。もう一人の筏師の前には抜刀した侍が、正紀に背を向けて立っていた。威嚇をしていたのである。

侍は、正紀が近づいた気配で振り向いた。

「とうとう、正体を現したな」

正紀は言った。今さら驚かない。塚原だった。感情をうかがわせない眼差しを、こちらに向けてきた。

何も口にしないまま、刀身を正紀へ向けた。伊四郎の仕事を邪魔させないために、正紀の前に立ち塞がったのである。

「おのれっ」

正紀も刀身を向け、前に出た。伊四郎を止めるためには、この男を倒さなくてはならない。躊躇《ためら》っている暇はなかった。

塚原も、ただ正紀の攻めを待っているわけではなかった。必殺の気迫を込めた一撃が、心の臓を目がけて突き込まれてきた。無駄な動きが、微塵もうかがえない。

正紀は突き出された刀身を払いながら、斜め前に出た。少しでも伊四郎に近づきたい。蹴飛ばして、川に落とすだけでよかった。

だがそれをさせまいと、塚原は前を遮った。

後ろに、さらに人の気配を感じた。目をやると、現れたのは抜刀した太田黒だった。二人がかりで、正紀を葬ろうという腹だ。

だが味方も、この危機を座視していたわけではなかった。太田黒には、浪人どもを倒した水澤が襲い掛かった。

これで正紀の相手は、塚原一人になった。

怪我をしていない筏師が、棹《さお》で伊四郎の背中を突いた。塚原が正紀に向かったので、ゆとりができたらしい。

こうなると、伊四郎は縄切りを続けられない。

「たあっ」

ひと安心したのも束の間、塚原の一撃が正紀を襲ってきた。顔を斜めに斬り裂こうという鋭い太刀筋だ。わずかなよそ見が、隙となったのである。

塚原の脇に回り込みたいが、それはできない。身を置くための筏の幅が狭すぎた。仕方がなく正紀は後ろへ下がりながら、相手の刀身を撥ね上げた。

だがこのとき、筏が川の流れのために跳ね上げられた。正紀と塚原の体は、至近の距離にあった。

肩と肩が激しくぶつかった。濡れた丸太の上では、足を踏ん張れない。体の均衡《きんこう》を崩したところに、またも筏が大きく跳ねた。

「うわっ」

正紀と塚原の体は、川の流れの中に飛ばされていた。

五

体が鞠《まり》のように飛んで、正紀は水面に叩きつけられた。一瞬のことである。すぐには泳ぎの体勢になれない。水に呑まれ、流される間があって、己の状況を理解した。

水を思い切って蹴った。泳ぎは得意ではあるが、さすがに刀を握っていては泳げない。刀は手放した。

浮いてゆく感覚があって、顔を水から出した。大きく口で息を吸う。その間も体は流されている。周囲を見回すと、すでに十間（約十八メートル）以上先に筏が進んでいた。植村が何か叫んでいるが、聞き取ることなどできない。

頭を回《めぐ》らすと、思いがけない光景があった。六、七間ほど離れたところの小舟に、塚原が泳ぎ寄ったところだった。百姓が漕ぐ、野菜を積んだ舟だ。

塚原は小舟を左右に激しく揺すり始めた。百姓は艪にしがみつくが、どうすることもできない。

百姓が怯んだ隙に、塚原は小舟に乗り込んだ。

正紀も、小舟へ向かって泳いでゆく。岸へ向かってしまえば、筏へはもう戻れない。小舟に乗り込んだ塚原は、船頭を突き飛ばして、川面に落とした。艪を握っている。塚原も、刀を持ってはいなかった。水に落ちたときに、失ったらしかった。

泳ぎ寄る正紀へ目を向けた。すでに至近のところまで泳ぎ着いている。

塚原は、船尾にある艪を外した。すぐに振り上げ、折しも船端《ふなばた》へ手をかけようとしていた正紀の脳天へ、振り下ろしてきた。

頭蓋を割られてはたまらない。すぐに水に潜った。ぎりぎりのところで、艪が水面を叩いたのが分かった。

舟底を潜った正紀は、舟の反対側に出て、船端を摑んで揺すった。力の限りやったので、舟は横転しそうになった。塚原は立ってはいられない。しゃがんで船端に手をかけた。艪は置くしかなかった。

ここで正紀は舟に乗り込もうとした。だが塚原も、そのままではいなかった。

「くたばれ」

揺れが小さくなったわずかな間に、腰の脇差を抜いていた。乗り込んだ直後の正紀に、切っ先を突き込んできた。躊躇いのない素早い動きだ。

正紀は切っ先を躱《かわ》してその手首を摑んだ。体を斜めにして腕を引くと、塚原の体がぐらりと揺れた。船体が大きく傾いたのである。

「うわっ」

二つの体は、そのまま水に落ちた。

正紀は、摑んだ腕を離さなかった。水に落ちる寸前に、たっぷり息を吸い込んでいる。

腕を捩《ね》じり上げながら、流れの中に沈んだ。手足をばたつかせた塚原は、脇差を握っていることができなかった。手から離れた脇差は、川の底へ沈んでいった。

川の水は、透明ではない。しかも薄暗かった。目を開けても、遠くまでがうかがえるわけではなかった。

それでも、塚原の体の動きや表情は分かった。いかにも苦し気で、顔を歪めて、目は閉じていた。

泳ぎはできないほどではないが、水に慣れているわけではないと察した。ならばしばらく水中に置いておこうと考えた。握っていた腕をさらに捩じって、こちらの体を後ろに回り込ませようとした。

だがそのとき、いきなり塚原の右肘が後ろへ突き出された。それが見事に、正紀の鳩尾《みぞおち》に当たっていた。

「うっ」

と思った瞬間に、握っていた手を放してしまった。しかも溜めていた息を、ごぼっと吐いている。

先に水面から顔を出したのは、塚原の方だ。

息苦しさを堪えながら、正紀も水中から顔を出すために、浮き上がろうとする。だがそのとき、闇雲に動く塚原の足が正紀の肩を蹴った。

深みに蹴押された形だった。

「くそっ」

と思いながら、再び手足で水をかく。水面が近づいて、もう少しで息が吸えるぞと考えたとき、塚原の腕が正紀の体に絡みついてきた。瞬く間に首に腕を回されたのである。

そのまま水の深みに引きずり込まれた。手足をばたつかせたが、しっかり決まった腕からは逃れられない。残っていた息を、またしてもごぼっと吐いた。

意識が、遠くなってゆく。

けれどもそこで、体に何かが当たった。棒切れのようなものだった。正紀は、藁をも摑む思いで握った。固い棒だった。

残っている最後の力を振り絞って、塚原の下腹へ突き込んだ。水中でも、食い込む感触が手に残った。合わせて体をよじると、腕が外れた。

慌てて足で水を蹴り、腕で水をかいた。

水面に顔を出して、ふうっと息を吸い込んだ。

そして塚原が浮かび上がってきた。正紀は肩を摑むと同時に、握りこぶしを顔面に叩きつけた。噴き出した鼻血が、水に散ったのが分かった。肩にかけた手に力を込めて押すと、塚原はごぼごぼと息を吐きながら、再び水の中に沈んだ。

今度は正紀が背後に回って、首に腕を回した。

塚原は初め手足をばたつかせたが、少しすると体がぐったりとなった。気絶をしたらしい。大量の水を飲んだのかもしれなかった。

そこで体を引き上げた。川面を見回すと、筏が半丁（約五十五メートル）ほど先の土手際に停まっていた。

「正紀様、ご無事で」

そう言って泳ぎ寄ってきたのが、青山と乙次郎だった。

丸太を摑んだ植村は、乗り込んできた侍と対峙《たいじ》をしていた。足が滑る不安定な足場だから、動きづらい。しかしそれは相手も同じだと思うことにした。

力を込めて、丸太を振るう。相手は慌てて身を引いた。

体に当たれば間違いなく川に叩き落とせるか、足元の筏に叩きつけられる。丸太の方が刀より長さがあるから、離れたところに立ち位置を確保できる。さらに昨日から筏に乗っているから、体が慣れていた。乗り込んだばかりの侍とは、剣の腕では劣っても怯みはなかった。

とはいえ相手も精鋭だ。大きなひと振りを避けると、すぐさま襲い掛かってきた。植村は体勢を変え、丸太の先端を侍に向ける。

「やっ」

と突いてきた腕を、植村は丸太で打った。相手が前のめりになったところで、丸太の角度を変えて足に一撃を与えた。相手は避けられない。

「ううっ」

骨の折れる音が、植村の耳にも入った。侍は筏の上に倒れ伏した。

このとき、正紀と塚原が川に落ちるのを目の端に捉えた。かなづちの植村では助けにいっても、かえって足手まといだ。正紀を信じ、植村は丸太を握ったまま、次の筏に移った。

このときすでに、侍も浪人者も、怪我をして丸太の上で呻いていた。流れの中に落ちてしまった者もいた。

伊四郎も筏師と乙次郎の手によって取り押さえられている。両腕を押さえつけられていた。

無傷なのは太田黒だけだったが、さすがに青山と水澤二人を前にして、互角の戦いはできなかった。

水澤に向けて一撃を放とうとした太田黒の左の二の腕を、青山が斬りつけた。腕から血が噴き出して、太田黒は刀を持ち続けることができなかった。

躍りかかった青山と水澤は、太田黒の体を押さえつけ、腕の付け根に手拭いを巻いた。血止めをしたうえで、その体を縛り上げた。

これで敵は、水に落ちた塚原だけになった。

「正紀様っ」

植村は、水に沈み顔を上げた正紀に声をかけた。駆けつけていきたいが、それができない。舟で近づきたいが、ぶつかってきた舟はすでにどこにも見当たらない。

着物を脱ぎ捨てた乙次郎が、水に飛び込んだ。青山も、飛び込んでいる。二人は泳ぎに自信があるはずだった。筏は先に進まないように、土手に寄せて繋いだ。

三人の侍の覆面を剝いだ。

「これらの者は、下妻藩士に違いない」

水澤が証言した。浪人者は、見かけない男だ。

しばし待つうちに、気絶した塚原が、青山らの手で筏まで運ばれてきた。

「よし。このまま、江戸へ向かうぞ」

筏に乗り込んだ正紀が告げた。

「おう」

という一同の声が上がって、筏は再び江戸川を下り始めた。

捕えて縛り上げたのは、太田黒と塚原、伊四郎、下妻藩士三名、そして浪人者二人である。下妻藩士には、舌を嚙み切らせないように手拭いで猿轡《さるぐつわ》を嚙ませた。

下総行徳を越えて、新川に入る。さらに小名木川を進んで、横十間川と交わるところで、捕えた者たちを下ろした。目と鼻の先にある、高岡藩下屋敷へ身柄を置いた。ここで尋問を行う。

藩邸の者には、上屋敷の佐名木や下妻藩の正広と八重樫、そして山野辺を呼ぶように命じた。

そして筏に組んだ丸太は、無事に楓川河岸の高浜屋の船着き場に届けられた。すでに夕暮れどきで薄暗かったが、人足を揃えて、喜三郎が到着を待っていた。

六

報を聞いた佐名木と山野辺、そして正広と八重樫が高岡藩下屋敷へ駆けつけた。

「まだ殿は、事態をご存じありません。昼頃からは、落ち着かないご様子でした」

八重樫はそう言った。

正紀が高浜屋から戻って、早速、集まった者たちに、高浜河岸や柿岡河岸、鯉川での出来事や、江戸川での襲撃など詳細を伝えた。

「いや、ご苦労様でござった」

正広がねぎらいの言葉をかけると、集まった者たちは大きく頷いた。

そしてまず捕えた二人の浪人者から、問い質しを行った。手こずらされることなく、二人は伊四郎に銭で雇われたことを白状した。

「筏を切り離して奪い取る。すべてでなくていい。警護の侍や筏師は、殺してもかまわない」

と言われていた。一人当たり二両、うまくいけばもう二両手にできる話だった。

この証言をもとにして、伊四郎を責めた。自ら筏を襲い、繋いでいる縄を切ろうとした。これは隠しようのない事実だったから、伊四郎の自白にも手間取ることはなかった。

下妻藩士や塚原とも連絡を取り合って、六本杉の筏を奪おうとしたことや、柿岡河岸の仮置き場で丸太を崩したことも認めた。これには塚原の協力があったことも、否定しなかった。

「高浜屋さんを陥れるために行いました」

「では豊吉を使って、高浜屋の材木を倒したのも間違いないな」

と正紀が告げると、「はい」と認めた。塚原と打ち合わせて、豊吉を殺したことも白状した。

ただ、主人の文吾左衛門の関与は否定した。

「私が、番頭として大きな仕事を取りたかっただけでございます。旦那様は、何もご存じありませんでした」

と庇った。独断だ、としたのである。十四年にわたって、叔父と甥で切り盛りをして店を大きくしてきた。商人として育ててもらった恩も感じているらしかった。しかしそれは、二人が犯した罪に手心を加える理由にはならない。

「嘘をつけ」

山野辺が、即座に否定をした。

ここで正紀は、江戸を出ていた間にあった、宮大工の棟梁宇左衛門が桁で足を滑らせた事件について山野辺から詳細を聞いた。

「足を滑らせたのは、やはり油のせいだった。あの日の早朝、鳶職の縞造なる者が、早朝に下谷の仕事場の寺へ行って油を塗っていたのだ」

「文吾左衛門らしいやり口だな」

「まったくだ。仕事の進み具合は、寺の小坊主から聞いていたようだ。宇左衛門の見習の弟子からも、確認を取っていたぞ。そんな企みがあるとは考えないから、小坊主にしても見習の弟子にしても、気軽に答えたのであろう」

山野辺は、すぐに縞造を責め立てて、文吾左衛門から銭をもらってやったことだと白状をさせたという。その日の早朝に、縞造が山門付近を歩いていたのを、門前の茶店の老婆が見ていた。足場があったとはいえ、誰もが桁まで上れるものではなかった。

宇左衛門は、料理屋升屋で会った建部や正棠から、高浜屋の納入品に瑕疵《かし》があった場合には納品を拒否することを求められた。それについては異存がなかったが、瑕疵がないならば、こじつけても納品を拒否するように求められたのである。

「もし話を聞いたら、増上寺《ぞうじょう》や寛永寺《かんえい》の修繕にも関われるように口利きをしてやると言われた。冗談じゃねえ。こちとらは江戸っ子だ。そんな薄汚ねえ口車に、乗るわけがねえ」

宇左衛門は山野辺に、そう話したという。

「それはできない」

とはっきり断ったので、足場に油をかけられ、命を狙われた。それが分かったから、宇左衛門は山野辺にすべてを話したのである。

　こうなると伊四郎は、文吾左衛門が犯行に関わっていたことを認めないわけにはいかなくなった。

　夜になっていたが、正紀は文吾左衛門を呼び寄せた。縞造も大番屋から連れてきた。

「洲崎升屋のおかみや番頭、仲居も、その方が宇左衛門ら三人の宴席の代金を払ったことを、認めているぞ」

　山野辺が迫ると、文吾左衛門は覚悟を決めたらしかった。建部や正棠と図って、不正な利を得ようとしたことを認めた。質の良くない檜材の存在についても、それを使うつもりだったと証言した。

　小佐越屋は、浄心寺の材木納入を受けたくて、様々な企みをめぐらした。六万石の大名の江戸家老と繋がることは、今後の商いに大きな影響を及ぼす。浄心寺だけの関わりではなくなる。

　その見込みを持ってやったと、白状した。

　これらの証言をもとに、正紀と山野辺はいよいよ塚原に当たった。留守中に行われた塚原に関する調べについても、正紀は佐名木から報告を受けた。それを踏まえて問い質しをしたのである。

　塚原は、浜松藩への仕官を餌に手先になったことを認めた。先の見えない寺侍の仕事には、飽き飽きしていた。

高浜河岸や柿岡河岸、関宿などで、伊四郎や下妻藩士と連絡を取り合って事に当たったことも白状した。

外堀だけでなく、内堀まで埋まったところで、太田黒に対峙した。太田黒は材木輸送の妨害をしたことは間違いない。加えてこれだけの状況が明らかになると、塚原や小佐越屋との共謀を否認することはできなかった。

下妻藩士の三人は、国家老瀬川の命で高浜河岸へ行った。その三人のうちの一人が、瀬川の署名入りの下知書を懐に忍ばせていた。これを取り上げたことで、瀬川の関与も否定できなくなった。

「建部殿と正棠様は、不正な利益を得ようとしたことは間違いない。だがそれだけが目当てではござらなかった」

「まことに。正紀様と正広様を、世子の座から引きずり降ろすことがもう一つの目当てでござった」

佐名木の言葉に、八重樫が応じた。

「だがこの一件を、公にはできませぬぞ」

ふうと、深いため息をついて佐名木は言った。困惑の面持ちになっている。八重樫も、苦々しい顔になって頷いた。

井上一門の菩提寺改築について、浜松藩は江戸家老、下妻藩は藩主が関わる不正があったことが明らかになったのである。その一件では殺人までがなされていた。

「下手をすれば浜松藩は減封の上、僻地への国替え。下妻藩は断絶になりますぞ」

佐名木ははっきりと口にした。

井上一門の危機といってよかった。高岡藩だけが無傷だと、喜んではいられない。

「しかしな、だからといってなかったことにはできぬ」

正紀は、正論を口にしたつもりだった。他の者は否定しないが、得心がいった顔にはならなかった。

建部と正棠の罪状は明らかだとしても、本家当主正甫の後見をする江戸家老と、分家の当主である。呼びつけて、強談判《こわだんぱん》というわけにはいかない。それでは、彼らに与する藩士たちは、正紀や正広への反目をさらに募らせるだけだ。事の是非ではなくなる。

それでは本当の解決にはならないのは明らかだ。

「ともあれ、井上一門で決着をつけることといたしましょう」

明日にも、浜松藩上屋敷に三藩の主だった者が集まる。そこで事態を明らかにし、今後について話し合うことにしようと意見がまとまった。

すでに深夜になっている。一同は高岡藩下屋敷に泊まった。


翌朝正紀は、入浴と着替えのために、上屋敷へ戻った。体は汚れていたが、すぐに京の部屋へ行った。久しぶりに顔を見たかったし、一連の出来事について、自分の口で京には伝えたかった。

汚がるかと案じたが、それはなかった。

「お疲れさまに、ございました。ご無事で何よりにございます」

両手をついて京は迎えてくれた。

京は、一つ一つ頷きながら正紀の話を聞いた。川に落ちた話は省略しようとしたが、川で襲われたときの話を、あれこれ尋ねられた。そしていつの間にか、喋らされた。

「お命を失うような真似までは、なさってはいけません」

京は怖い顔になって言った。

そして事の処理について、問題点を伝えた。すると京は、即答した。

「建部どのと正棠さまに、自ら身を引いていただく形にすればよろしいのです」

「それはそうだが」

「松平信明さまに、間に入っていただいてはどうでしょうか」

「なるほど」

それは妙案だと思った。建部も正棠も、信明を無視することはできない。また一門の者ではないが、浄心寺本堂改築については高額の寄進をしている。普請を進めるにあたっては、打ち合わせにも出てもらっていた。

正紀は入浴を済ませ着替えを終えると、御座所で少しばかりうとうとした。旅の間は、満足に寝られた日が一日もなかった。疲れは残っている。


この間に、佐名木が浜松藩上屋敷に出向いて、三藩の集まりについて建部に進言した。すでに知らせを受けている建部は、申し出を退けなかったという。強張った顔つきだったそうな。集まりには、信明にも出席を求めた。佐名木も正紀の提言には賛同したから、吉田藩上屋敷へ立ち寄ったのである。

登城していたら無理だが、信明は屋敷にいる日だった。

信明と対面した佐名木は、材木納入に関わる詳細を伝え、処分に力を貸してほしいと訴えた。口頭で伝えただけでなく、調べたことをまとめて文書にした。文吾左衛門や伊四郎を尋問して得た事柄を、口書きにして拇印を押させた。また塚原や太田黒の口上書きも取って、署名をさせた。文書は、口書き、口上書きとともに信明に渡した。

信明はそれらの書面に目を通してから、険しい顔で言った。

「一門内で処理をいたそう」

どう対応するかについては、言及しなかった。

七

浜松藩上屋敷の中奥にある広間に、正棠と建部、正紀と正広、佐名木と竹内、それに年少ながら本家当主である正甫、そして松平信明が顔を揃えた。これまで書役をしていた太田黒の姿はなく、代わりに下妻藩の八重樫が入った。

談義の進行を担うのは、信明である。これは正棠と建部の処遇が、議事の中心になるからだった。二人に申し開きがあるならば、それを聞く場でもある。

建部も正棠も、口をへの字に曲げて俯き加減でいる。畏れ入る様子は微塵もないが、どう展開するかは分からない。小佐越屋や塚原らが、どこまで話したかによって状況が変わる。こちらの訴えを、潰せるものならば潰してやろうという腹に見えた。

正甫は、顔を青ざめさせている。建部から何を聞かされているのかは分からないが、事の重大さは感じているらしかった。

「一門の菩提寺、浄心寺本堂の改築に当たって、奉行役の正紀殿、正広殿よりお訴えがござった。ゆゆしき事態ゆえ真偽を糺《ただ》し、事実であるならば厳格なる処罰をいたさねばならぬ」

信明の声はよどみない。正甫を除く一同の者は、そろって頭を下げた。信明は続ける。

「ここで事が治まらなければ、話は公になる。井上一門にとっては、末代までの禍根となる話ゆえ、そこを踏まえたうえでご思案いただきたい」

この言葉で、正棠と建部に動揺があった。

信明は、決着がつかなければ、幕府へ持ってゆくぞと伝えたようなものだからだ。信明は姻戚関係にあるとはいっても、血縁ではない。また奏者番という役職上将軍家や幕閣には極めて近い地位にいる。

脛《すね》に傷持つ二人には、脅しに聞こえたのは間違いなかった。

正棠にしても建部にしても、利得への欲求や正紀と正広への悪意があっても、藩や一門を窮地に追いやっていいとは考えていないはずである。正棠は井上家の血を引き、建部は譜代の重臣として過ごしてきた。

ここで正紀が代わって、材木納入にまつわる一部始終について説明を行った。口書き、口上書きも示している。また連座した者たちについては、すべて藩邸内に移してあり、いつでも証言をさせることができる旨を伝えた。

正棠と建部は、体を震わせた。もはや威圧や詭弁《きべん》では、言い逃れられないことを悟ったらしかった。

「正棠様、建部殿、申し開きはござらぬか」

信明が問いかけた。

青白くなった建部の額には脂汗が浮いている。赤黒くなって歪んだ正棠の顔は、眦に微かな痙攣《けいれん》がうかがえた。

「ござらぬ」

建部が認めると、正棠も憤怒を押し殺した面持ちで頷いた。

そこで信明は、改めて威儀を正すしぐさをした。結論を述べようとしている。

「建部殿には、お腹を召していただく。家禄の減封などについては、浜松藩でご検討いただくこととする。いかがでございましょうや」

「それでよい」

信明の言葉に、正甫が応じた。信明は、建部家を廃絶させるとは言わなかった。大幅な減封があったとしても、家名は残る。正甫にしてみれば、受け入れやすい提案だった。

建部本人にしても、胸を撫で下ろしたに違いない。信明らしい裁定だと、正紀は感じた。

「正棠様においては、ただちにこの件で、藩主の座を追うわけにはまいらぬでござろう」

それをすれば、藩の不祥事があからさまになる。幕府からの咎めは避けられない。一石でも減封があれば、一万石の下妻藩は大名家ではなくなる。

反論する者はいなかった。

「そこで形としては藩主としていていただくが、藩の実務は正広殿が行う。連座した国家老瀬川の後任も、正広殿に選んでいただく。それでいかがでござろうか」

これは実権を正広に譲り、隠居同然の身になるということを示していた。瀬川の処分も、正広が行う。

「それでよろしいと、存じまする」

正紀が応じると、居合わせた他の者も同意を示した。

後任の国家老には、勘定奉行の笹尾甚太夫《ささおじんだゆう》を据えることになるだろう。人事の総入替をすれば、藩内での正棠の権力はすべて削がれる。

井上正棠は二年後の寛政元年（一七八九）に、三十七歳の若さで正式に隠居の身の上となる。

談義が済んだ後、正紀は廊下で信明と一緒になった。

「適切なるご裁定、痛み入りまする」

「いやいや。井上一門にとって、よかれと存ずることをしたまででござる」

信明は一旦帰りかけたが、何か思いついた様子で立ち止まった。

「そこもとは、藩のため一門のために、よく働いておいでだ。それはよいが、井上家一門の出ではござらぬ。尾張徳川家のお方だ。それがいきなり現れて、世子として至らぬ点を補ってゆく。片腹痛いと思う者もいるやもしれぬ。建部殿や正棠様のようにな。前に腹を切った二人の園田殿もそうやもしれぬ」

「…………」

「浅はかな話だが、世の中にはいろいろなご仁がいる。建部殿や園田殿は腹を切らねばならぬ仕儀に至ったが、その方々は、譜代の藩士として何の功績もなかった者ではないし、生きていれば、それなりの役目を果たせたかもしれぬ人物かと存ずる。そこもとはそれを忘れてはなるまい」

「ううむ」

返事ができないうちに、言うだけ言った信明は立ち去ってしまった。

正紀は、目の前に現れた問題を、夢中で解いてきただけだ。そのどの場面であっても、尾張徳川家の威光を笠に着るような発言や行動はしていないつもりだ。しかし建部や正棠、園田らは反発した。人には善悪や理屈だけでは対応しきれない、心の襞《ひだ》があるということを正紀は初めて考えた。

小佐越屋文吾左衛門と伊四郎は、浄心寺の材木の仕入れをするために、豊吉を使って材木を倒壊させた罪、また豊吉殺害の教唆、および輸送襲撃の罪で北町奉行所に捕えられた。吟味《ぎんみ》には山野辺が当たり、主従は死罪と決まり店は闕所《けっしょ》となった。

寺の桁に油を塗った縞造は、遠島である。滑り落ちれば命を失うと知りつつ、油を塗った。同情の余地はない。

塚原は口上書きに署名をした後で、切腹をしたいとの願いを出していた。塚原の兄は微禄ながら浜松藩士として国許にいる。仕官の夢は果たせなかったが、親族に累が及ぶことを怖れたと推量できた。

正紀と正広は、切腹を許した。

太田黒の処分は、浜松藩で行われた。江戸家老に新たな者が就き、その下で切腹を命じられた。建部に命じられたとはいえ、改築のための材木を奪う行為に加担した罪は大きい。ただ減封はなかった。

建部家は、七割の召し上げとなった。これまでは藩内五指に入る名家だったが、今後は勢いを減ずることになる。

そして浄心寺の解体が始まった。

南八丁堀にある宇左衛門の作業場では、納入された丸太から、木組みの木材を削る仕事が始まっていた。京がその作業場を見たいというので、正紀は天気の良い日を選んで連れて行った。

気候不順の折ではあるが、青葉は繁り始めている。晴れていれば、暑いくらいの日《ひ》和《より》になった。

濃い木の香の中で、職人たちが働いている。鋸を引く音や、鑿を打つ音、鉋を削る音が響いてくる。人の体ほどの大きさの材木に、鑿で飾りを施している者もいる。

樹皮を剝いだ材木は、正紀には輝くほどに美しく見えた。自分が守った材木だと思うからだ。

「みごとなものでございますね」

京は感嘆の声を上げた。

「この分で行けば、来年の三月を待たず、本堂はできますぜ。楽しみにしていてくださいませ」

宇左衛門はそう言った。

しばらく、その仕事ぶりを見ながら、正紀は信明から告げられた言葉について、京に伝えた。尾張徳川家からいきなり現れた世子を、気に入らぬと思う者がいるという話についてだ。

だからといって自分は、もう実家の今尾藩へ戻ることはできない。心の片隅に、あれから気掛りとして残っていた。

「まあ。信明さまが、そのようなことをおっしゃいましたか」

話を聞いた京は、驚きを示した。けれどもそれは、少しの間だけだった。

「気になさることはありませぬ。あなたさまは、なさりたいようになさればいい」

「そうであろうか」

ここが、心もとない。

「いきなり尾張徳川の者が現れれば、何をしに来たかと警戒をする者もいるでしょう。しかしあなたさまは、堤普請を成し遂げることで百姓の心を摑みました。その様は、国許の藩士も見ています。そして下り塩や淡口醬油についても、力を注がれました。そのおかげで、高岡藩にこれまでにはなかった勢いが家中や百姓の中に生まれています」

「うむ。それはそうだな」

「家臣たちは、これまでとの違いを膚《はだ》で感じています。ですからあなたさまを、世子として認めてきているのです。尾張徳川家の出だからではありませぬ」

「なるほど」

嬉しい言葉だ。贅沢が身についた世間知らずの姫だと感じたこともあるが、京も一年足らずで、ずいぶん変わった。

「しっかりなさいまし。あなたさまの肩には、高岡藩一万石の藩士領民の命と願いがかかっているのですよ。躊躇っている場合ではありますまい」

叱りつけられた気がした。

相変わらず高飛車な物言いをする女だと思ったが、この口調は、子を流産した後では一度もなかった。ようやく心の憂いから、立ち直ったのだと察した。

姉さんぶった物言いに、前ほど腹が立たなくなっている。かえって勇気づけられた。いつの間にか、慣されてしまっているらしかった。

本作品は書き下ろしです。

双葉文庫

ち-01-33

おれは一万石《いちまんごく》
無節《むせつ》の欅《けやき》

2018年 5月13日　第1刷発行
2018年10月30日　第4刷発行

【著者】
千野隆司《ちのたかし》

【発行者】
稲垣潔
【発行所】
株式会社双葉社
〒162-8540 東京都新宿区東五軒町3番28号
［電話］03-5261-4818(営業)　03-5261-4840(編集)
www.futabasha.co.jp
(双葉社の書籍・コミックが買えます)
【印刷所】
大日本印刷株式会社
【製本所】
大日本印刷株式会社
【CTP】
株式会社ビーワークス

【表紙・扉絵】南伸坊
【フォーマット・デザイン】日下潤一
【フォーマットデジタル印字】恒和プロセス

ISBN978-4-575-66885-8 C0193
Printed in Japan